Franco Biondi · Abschied der zerschellten Jahre

Franco Biondi
Abschied der zerschellten Jahre

Novelle

Südwind-Literatur
Herausgegeben von Rafik Schami, Gino Chiellino,
Jusuf Naoum und Franco Biondi

CIP-Kurztitelaufnahme der Deutschen Bibliothek

Biondi, Franco:

Abschied der zerschellten Jahre: Novelle/Franco Biondi.-
Kiel: Neuer Malik-Verlag, 1984.
(Südwind-Literatur)
ISBN 3-89029-151-1

© 1984 by NEUER MALIK VERLAG Kiel
Alle Rechte vorbehalten
Lektorat: Jo Hauberg und Maria Kühn-Ludewig
Umschlaggestaltung und Ausstattung:
Holger Schiebat & Ingo Wulff
Satz: Fototext Kiel
Gesetzt aus der Garamond
Druck: Nieswand Kiel
Printed in Germany
ISBN: 3-89029-151-1

Für alle inländischen Ausländer
deutscher und nichtdeutscher Herkunft

„Seid auch außer Sorge in betreff der kleinen
Narren, die euch zuweilen mit bedenklichen
Späßen umgaukeln. Der große Narr schützt euch
vor den kleinen."
Heinrich Heine

„Grato m'è il sonno e piú, l'esser sasso
mentre che il danno e la vergogna dura"
Michelangelo

1.

Er zielte auf die Straßenlaterne und preßte den Zeigefinger auf den Abzug; der Mechanismus setzte sich kaum hörbar in Bewegung, doch kurz bevor es knallen konnte, ließ der Junge den Finger los, und der Abzug schnellte in seine Ausgangsposition zurück; dann nahm der junge Mann das Auge vom Visier, in dessen Zentrum das glitzernde Licht der Laterne gestanden hatte, und lächelte. *Die Nacht ist nicht unendlich*, murmelte er, blickte zur Straße hinunter und tastete mit seinem Blick die Fenster des gegenüberliegenden vierstöckigen Wohnblocks ab. *Wie geschlossene Augen sind die Fenster, dunkel, ruhig; wie ein stinkender Kanal ist die Gasse, ein abgestandener Tümpel.* Seit seine Eltern und Geschwister nicht mehr im Lande bleiben konnten, hatte er angefangen, seine Umgebung mit anderen Augen zu sehen wie durch ein fokalisierendes Glas; verlogen und künstlich wirkten nun die Nachbarn, die Bekannten: das, was sie sagten, stand in seinen Augen im Widerspruch zu dem, was sie taten, zu ihrer Haltung. Das ging ihm unter die Haut.

Er schloß das Fenster, zog die Gardinen vor und schaltete das Licht im Zimmer wieder an. In der Küche machte er sich noch einen Kaffee, ganz schwarz und ohne Zucker, so wie ihn Dieter und Horst mochten. Sonst trank er ihn mit Milch und Zucker. Das hat Mamo - so wurde er von seinen Freunden liebevoll genannt - bestimmt vom Süden: immer etwas Süßes auf den Lippen, hatten seine Freunde dazu bemerkt, und er hatte dazu nur stumm gelächelt.

Vor einer Woche hatte er sie zum letzten Mal gesehen, und da sie ahnungslos waren, hatte er sich nur innerlich von ihnen verabschiedet. Er pflegte seine persönlichen Angelegenheiten nicht auszuposaunen. Noch nicht einmal, daß er im Besitz einer Aufenthaltserlaubnis sein muß, um in der Bundesrepublik leben und bleiben zu können, hatte er ihnen anvertraut, geschweige denn den ganzen Schlamassel, in den seine Familie geraten war und nun er selbst. Das verstehen sie nicht, das interessiert sie sowieso nicht, hatte er sich eingeredet. Dann, als es soweit war und er im Regen stand, hatte er sich geschämt. Sein Stolz hatte ihm nicht erlaubt, darüber zu sprechen, und so hatte er sich in ein beklemmendes Schweigen verstrickt.

Vor dem Abschiednehmen wurde ihm auf einmal elend zumute. Er wünschte, sie würden doch seinen Zustand bemerken und würden so lange nicht locker lassen, bis er alles ausgespuckt hätte, was ihn so belastete. Aber es wurde ihm klar, daß er sich auf keinen Fall darauf einlassen würde. Niemals! Sie könnten ihm sowieso nicht helfen und hätten viele bohrende Fragen gestellt. Gerade das, was er vermeiden wollte. Das, was ihm zeitlebens zuwider war. Bei diesen Gedanken preßte er seine Lippen zusammen. Dieter sah es und legte gleich los: Was ist denn mit dir heute los, Mamo? Du machst ein Gesicht, als ob du zu einer Beerdigung gehen müßtest. Fast hast du es getroffen, hätte Mamo beinah darauf geantwortet; und er versank in die Vorstellung: er in seiner Bude vor dem Fenster seiner Wohnung und draußen Volker und die anderen Kumpanen, die gerade aus dem Auto stiegen, um ihn abzuholen. Beinahe, sagte er dann doch und hätte fast ergänzt: zu meiner eigenen Beerdigung. Auch Horst hakte nach, und Mamo reagierte nur wie geistesabwesend: Nichts. Mamo spürte, daß er schleunigst verschwinden mußte. Schon diese Fragen wurden ihm lästig, und er ahnte, daß er sie nicht lange aushalten könnte. Eigentlich hatte er die letzten Tage mit vielen Spaziergängen verbracht, um nicht am Treffpunkt zu erscheinen; dann hatte er es aber nicht mehr ausgehalten. Er wollte zum letzten Mal dabeisein.

Mamo erhob sich leise. Ich muß ganz schnell wohin, flüsterte er als Ausrede und grüßte winkend. Während er den Raum verließ, sah er noch, wie sie ihm fragend nachstarrten. Dabei sagte er sich: Ich habe keine andere Wahl, und spürte, wie sich sein Magen verkrampfte, und ein bitterer Geschmack sich in seinem Mund ausbreitete. Er verschwand hinter der Tür, ohne sich umzudrehen.

Mit Dagmar verlief es anders, ganz anders. Er hatte gewagt, ihr von dem Abschiebungsschreiben, von der bevorstehenden Verjagung zu erzählen, und sie hatten sich daraufhin heftig gestritten. Er hatte sich einen anderen Abschied von ihr gewünscht. Und das tat ihm weh: er liebte sie, aber er sah für sich keine andere Wahl.

Beim ersten Schluck Kaffee verzog er das Gesicht, zündete sich dann eine Zigarette an und setzte sich wieder ans Fenster. Zuweilen kam er sich vor wie der alte Costas. Stundenlang konnte der alte Mann ohne jegliche Bewegung im Hof sitzen, nur die Augen flackerten. Der im Hof auf einem Klappstuhl Hockende flößte Mamo mit seinem zeitgegerbten Gesicht und der schlaffen Haut der Handoberflächen Furcht ein. Aber Mamo bewunderte ihn gleichzeitig und hatte große Ehrfurcht vor dem Alten. Lange hatte ihn die Frage beschäftigt, warum Costas da draußen so hockte. Jetzt, nach vielen Jahren, erahnte Mamo den Grund, aber die Geschichten, die der Greis damals mit sanfter Stimme an ihn herantrug, bevor Mamo in seine Wohnung flitzte, um unter die Bettdecke zu kriechen, stürmten nachts durch seine Träume. Verstanden hatte er sie nicht. Die Worte des alten Mannes erregten seine Sinne, und er suchte nach deren genauer Bedeutung. Einmal überraschte der Alte Mamo mit einem summenden Gesang, er schien alte Volkslieder zu singen, aber keuchend dudelte es in seiner Lunge, und seine Stimme tönte nur mühsam heraus.

Er erinnerte sich an seinen alten Jaulkasten und legte eine Platte auf; lange suchte er nach dem richtigen, zur Bedeutsamkeit der Stunde passenden Rhythmus; zuerst legte er die Oldies auf, die Pink Floyds, entsann sich dann einer Platte, die er von Pasquale, seinem ehemaligen italienischen Schulkameraden geliehen hatte; sie erschien ihm noch besser für die augenblickliche Lage geeignet. Auch Oldies, diesmal aus Italien, Area, aber weitaus würziger, sprengender. Das war, was seine Nerven brauchten, die anderen Sounds kitzelten seine Gefühle nicht mehr, alles klang ihm zu lieblich, zu harmonisch, auch die letzten Disco-Hits, die er kannte.

Gleich bei den ersten Klängen mußte er an Pasquale denken. Pasquale schien mehr Glück zu haben, er war durch seine Eltern in einer besseren Lage, außerdem hatte er nie Mut gezeigt, sondern im Gegenteil machte er immer einen Buckel in der Hoffnung, es täte weniger weh. Mamo dagegen suchte die Schuld jedesmal bei sich.

Schlucke und keep smiling. Mach dir aber nichts vor: du hast auch gekatzbuckelt, du hast gedacht: mich trifft das alles nicht. Ich habe Freunde, ich denke wie sie, kleide mich wie sie, nur mein Name ist anders, und der läßt sich leicht ändern, was ist schon dabei. Tja, so hab ich halt gedacht. So denke ich auch noch, teilweise. Aber dann gibt's solche Typen wie Volker & Co.; die drehen es anders, und sie halten den Spieß in der Hand. Er lächelte säuerlich und zuckte die Schultern. *Aber nicht mit mir. Ich habe auch einen Spieß.* Und er schaute auf den Gewehrlauf.

Die lang an der Zigarette hängende Asche fiel auf den Boden. Mamo griff nach dem Kaffeebecher und schlürfte das starke Getränk, kniff die Augen zusammen, auf die vibrierenden Rhythmen der Musik lauschend. *Jetzt ist alles passé. Aber ich werde ein für allemal Pfeffer streuen.* Und er legte das Gewehr auf den Schoß, hielt den Lauf in der Hand und blickte aus dem Fenster der Dachwohnung hinunter auf die Straße.

2.

Plötzlich schob sich Dagmar durch die Menschenmenge und ergatterte zwei Plätze am Festtisch, die gerade frei geworden waren. Mamo drängte sich auch durch. Dich muß man immer vorschicken, sagte er mit anerkennenden Blicken. Die Stühle waren noch warm, der Tisch war klebrig von Fanta-Pfützen. Die sitzenden Reihen an beiden Seiten waren eine einzige Zirpe, vorne auf dem Podium spielte eine Kapelle altbekannte Schlager, auf der Tanzfläche exponierten sich nur einige Paare, von denen ein paar Männer mit herausgestreckten Brüsten und steifem Körper hin und herhüpften. Die gehetzte Bedienung drängte sich mit einem vollen Servierbrett durch die Menge, sah die neu Dazugekommenen, nahm ihre Bestellung entgegen und schlängelte sich schwitzend weiter.

Dagmar studierte noch die einzelnen Gesichter und lauschte für einige Sekunden auf die Gespräche um sie herum. Das tat sie in den Lokalen jedes Mal. Sie hatte ein ausgesprochenes Orientierungsbedürfnis. Mamo dagegen betrachtete zuerst immer den Raum, die Fassaden, die Bilder, die Lampen. Die Leute um ihn herum ließen ihn gewissermaßen gleichgültig. Er zählte sie mehr zum Inventar als dazugehörig.

Außerdem trachtete er jetzt danach, in Ruhe gelassen zu werden. Ein neugieriger Blick, ein zu langer Blick, ein interessierter Blick könnte schnell als Kontaktaufnahme mißverstanden werden. Er hatte sich früher schon gewünscht, Kontakt zu haben, aber nicht zu jedem - vorher wollte er genug Zeit haben, um sein Gegenüber abzuschätzen; er wollte eigentlich auf Nummer sicher gehen, daß er auch akzeptiert würde, ansonsten hätte ihm jeder gestohlen bleiben können. Nun, seit kurzer Zeit mied er neue Kontakte. Er wollte jeder neuen Belastung aus dem Wege gehen, deshalb ließ er in Lokalen gleich die Jalousie fallen. Er dachte: erst recht die

Ausländer dürfen es sich nicht leisten, nach den Leuten zu schauen, besonders nach den Frauen, das könnte so ausgelegt werden, als wollten sie etwas von ihnen. Sie wollten erobern, eindringen; früher dagegen, als er regelmäßig mit seinen Freunden in die Diskos ging, machte es ihm eher Spaß, den Eindringling zu spielen, den Heißblütigen, den Südländer, der schon mit dem Blick Einladungen ausstrahlte, Liebeserklärungen, Zuneigungen, aber auch Gleichgültigkeit oder Ablehnung. Er wußte, daß er das nur spielte, es bereitete ihm Vergnügen und schuf in der Gruppe Stoff zum Tratschen, zum Ulken.

Da ist was los, gell, klang es aus Dagmars Mund zu ihm. Sie schmunzelte vergnügt, als sie sah, daß Mamo überrascht zusammenzuckte. Er zündete sich eine Zigarette an und suchte vergebens nach einem Aschenbecher. Nebenan standen gleich drei, wie eine Karawane gruppiert, überfüllt. Er stöhnte. Heitere Gespräche schwebten in der Luft; Gelächter ertönte, manchmal schrill und künstlich wie aus einer belagernden Kavallerie, aus der der Ansturm angekündigt wurde.

Während er die Asche unter seinen Sitz fallen ließ, lächelte er Dagmar zu, richtete aber sofort seinen Blick auf die dicht nebeneinander sitzenden Feiernden. Aus dem Hintergrund machte sich das Santa-Maria-Lied breit, und er überlegte, daß er lieber mit Dagmar woanders hingegangen wäre, in irgendeine stille Kneipe, in der sich überhaupt nichts abgespielt hätte. Mamo fühlte sich verändert, gereizt; das, was er immer gemocht hatte, ja was ihm Freude bereitet hatte, störte ihn nun. Er wußte aber, daß es mit seiner Lage zu tun hatte. Das Scherbengericht hatte getagt, der Behördenbrief war ins Haus geflattert, ein fester Job stand in den Sternen, die Abschiebungsmaschinerie war in Gang. Er hatte keine Chancen, so sah er es; trotzdem wagte er noch, seine Phantasie in irgendeine hoffnungsvolle Richtung zu lenken, ja zu zwingen, aber in seinem Kopf stellte sich jedes Mal eine leere, flimmernde graue Landschaft ein, wie auf der Mattscheibe, wenn das Programm zu Ende ist.

Er vertrieb nun wieder den ganzen Gedankenwirbel und versuchte, sich zu zerstreuen; bloß jetzt an nichts denken, redete er sich ein. Dagmar darf es ja nicht merken; ich muß ihr den ganzen Ärger ersparen. So tun, als ob gar nichts wäre. Er richtete seinen Blick auf Dagmar und bemerkte, daß er die ganze Zeit wieder ins Leere gestarrt hatte wie Costas damals. Er wischte mit der Hand diesen Einfall beiseite, und als er seine Bewegung sah, spähte er wieder zu Dagmar, aus Angst, sie hätte es bemerkt. Dagmar aber verfolgte die Tanzenden mit ihren Augen. Ihre rotschimmernden Haare glitzerten im Licht der Neonlampe hinter ihr. Geblendet rieb sich Mamo die Augen, war aber vom Anblick fasziniert. Er erinnerte sich an einen steinigen Bach, an dem sie einmal das Wochenende verbracht hatten. An einer Stelle war ihm ein Stein aufgefallen, der die Züge eines Gesichtes hatte. Das Wasser schoß an ihm vorbei und umrahmte den Stein wie wallende Haare, die in den schimmernden Sonnenstrahlen in verschiedenen Farben funkelten. Genauso fielen auch Dagmars Haare auf ihre Schultern und glitzerten im Neonlampenlicht. Er lachte kurz auf.

Dagmar wandte sich um. Was gibt's? Sie war erstaunt, ihn nach so langer Zeit wieder fröhlich zu sehen. Was gibt's?

Mamo winkte ab. Nichts.

Mit fragendem Blick betrachtete sie ihn eine Weile. Er legte seine Hand liebkosend auf ihre und gickste; ihre Finger waren kalt.

Ein ewiger Eisklumpen bist du, murmelte er, und sie lächelte.

Ein gellender und künstlicher Gelächterchor prasselte gegen ihre Ohren. Der eine Mann neben Dagmar hatte offensichtlich einen Witz erzählt oder vielleicht auch eine schmutzige Anekdote. Ungeduldig suchte Mamo mit den Augen die Bedienung. Weit in der Ecke sah er sie volle Biergläser verteilen. Bis sie kommt, gibt's Frühstück, rief Dagmar und verdrehte die Augen. Bei dem Trubel ist es kein Wunder, antwortete Mamo resigniert. Nach längerer Pause fuhr er fort: Die alten Knacker da auf dem Podium kratzen am laufenden Band alte, abgedroschene Schlager; sollten wir nicht doch weiterrollen? Auf dem Platz ist bestimmt Samba, deftiges Remmidemmi, hörst du nicht? Dagmar blickte sich enttäuscht um, lauschte einen Augenblick nach draußen - nur gedämpfte Geräusche und ächzende Lautsprecherstimmen waren zu hören - und nickte: Vielleicht hast du recht. Und die Bestellung?

Die Kellnerin war gerade an der Theke und füllte ihr Tablett mit schäumenden, überschwappenden Biergläsern. Das Zeug wird uns nicht vermissen, sagte er und dachte wieder an den Verbannungsbeschluß des Scherbengerichts. Ein beklemmendes Gefühl ergriff ihn, ihm wurde bewußt, daß er bereits in solchen Kategorien zu denken begann, als ob er sich innerlich schon darauf eingestellt hätte. Er würgte jeden weiteren Gedanken ab, indem er sagte: Warten wir halt ab, wenn wir bei dieser Fuhre dabei sind, dann spülen wir wenigstens unsere Nieren damit.

Dagmar, die sich bereits erhoben hatte, um Mamos Wunsch zu befriedigen, setzte sich wieder, aber nur halb auf die Stuhlkante. Aus den Augenwinkeln verfolgte sie die Kellnerin, die, zielbewußt wie eine Fledermaus die Beute, die Tische anpeilte, von denen die Bestellungen ausgegangen waren. Unterwegs ließ sie Gläser zurück und kassierte sofort.

Mensch, muß die ein Gedächtnis haben, sagte sich Mamo, als er die schwitzende Bierschlepperin nahen sah. Nix für ihn, bei seinem Gedächtnissieb. Da wäre er am Schluß totgeschafft und müßte auch noch Geld drauflegen.

Als ob Dagmar seine Gedanken erraten hätte, kommentierte sie: Um sich zu merken, wer was überhaupt bestellt hat, geht sie bestimmt nach einem System vor - vielleicht guckt sie nur nach den Gläsern, dann, wenn der Platz kein Glas hat, nach den Gesichtern.

Diese Bemerkung beeindruckte Mamo nicht nur, weil er sich darin bestätigt sah, daß Dagmar, wie man so schön sagt, etwas auf dem Kasten hatte, sondern auch, weil hinter der Beobachtung eine bittere Wahrheit verborgen war, die mit seiner Lage auch zu tun hatte: Man lernt zuerst nach den Dingen zu gehen, dann erst nach den Menschen, wenn überhaupt. Wie ist es denn sonst zu erklären, fragte er sich, daß nur zählt, was du hast, nicht was du bist? Und die Behördentypen, gucken die nicht erst nach den Paragraphen, dann nach den Menschen? Und die Fabrikbonzen nicht nach den Gewinnen? Und sein Vater selbst, hat er nicht erst nach einem Haus in seinem verdammten Dorf, dann erst nach dem Wohl seiner Familie getrachtet? Das Haus ist wichtig, notwendig, alles klar, aber daraus eine Lebensphilosophie zu machen? Und die Freunde, die Bekannten, war es für sie vielleicht nicht erst wichtiger, die Jaulkiste, die Hubraumbulldozer, die Elvis-Zwangsjacken zu haben? Ließen sich nicht etliche in Streß und in Reinlegereien kreuzigen, um das berühmte „mehr" vorzuführen? Vor lauter Leuten sah die Kellnerin vielleicht überhaupt keine Kunden mehr, sondern nur Biergläser an einem langen Tisch. Auch wenn sie etwas anderes gewollt hätte, hätte sie eine andere Wahl gehabt? Und er selbst, wie war es bei ihm?

Plötzlich spürte er Dagmars kühle Finger auf seinem Handgelenk, es wurde ihm bewußt, daß er der Kellnerin, die bereits in der Mitte des Zeltes die letzten Gläser einkassierte, nachgegafft hatte. Dagmar versuchte, sein Gesicht nachzuahmen, und sagte: Wo bist du denn jetzt schon wieder mit deinen Gedanken?

Er kam sich blöd vor, ertappt und war verärgert. Laß das, rief er und stand auf. Sie lief ihm nach, schob ihren Arm unter seinen und rief: Was ist denn los mit dir? Gleich bist du oben raus wie ein HB-Männchen. Er hatte es bereits bereut, wollte an dem Abend keinen Streit mit ihr haben. Ursprünglich hatte er sich vorgenommen, besonders lieb zu ihr zu sein. Er wünschte sich einen schönen Abend mit ihr.

Fest drückte er sie an sich und lenkte ab: Siehst du den Zwerg da, wie er watschelt, und was für einen komischen Hut er auf seiner Birne hat? Er wies mit dem Finger auf den Ausgang des Zeltes: ein höchstens ein Meter dreißig großer Mann hatte sich durch die hinaus- und hereinströmende Menschenmenge gezwängt und lief mit einem leeren Bierkrug Richtung Theke. Dagmar nickte, ja, jetzt sehe ich ihn. Ulkig, was? Wie ein Clown. Vielleicht ist er auch einer.

3.

Während der Dämmerung erschien der schwarze Himmel blaugrau. Als einzigartig empfand er die blaubemalte Luft auf dem hellen Hintergrund des Wohnblockverputzes wie bei schwachem Neonlicht. Ein Auto brauste vorbei mit stotterndem Motor. Feucht muß die Nacht gewesen sein wie in seiner Dachbude, wie in seiner Seele. Still war die Nacht auf der Gasse, lautlos waren die Schritte des Mondes zum Morgen hin; nun stimmten die Vögel ihre Sinfonie an. Es waren mindestens drei oder vier Arten, das erkannte er aus den verschiedenen Melodien. Wie die Vögel zwischen all den Wohnblocks existieren konnten, war ihm ein Rätsel. Der Spielfilm „Spiel mir das Lied vom Tod" fiel ihm ein, die Rache. Den Streifen hatte er als Vierzehnjähriger gesehen, damals war er ein großer Renner gewesen. Er selbst war schockiert aus dem Kino gekommen. In diesem Zwitschern lag etwas Herzzerreißendes; dennoch konnte er sein lauschendes Ohr nicht abwenden. Er fragte sich, ob nicht viele Jungen wie er im Sinne hatten, etwas mit sich anzufangen. Er hatte es auch vorgehabt und sich jetzt zu der letzten harschen Aussage durchgerungen: *Ende des Anfangs.*

Plopp. Das Tor ging auf. Fünfuhrdreißig. *Herr Budinsky geht arbeiten, der glückliche Biedermann. Biedermann Republik Deutschland. Nein, die ganze Welt ist eine Biederwelt. Ja, Ducker, Mitläufer; Welt ohne Hirn wie ich selbst eigentlich. Hätte ich Hirn, wäre ich nicht hier und würde nicht wieder warten. Ein Leben lang mußt du warten - worauf eigentlich? Schon bei der Geburt geben sie dir eine Nummer, und davon hängt es ab, ob du zu denen gehörst, die lebenslänglich warten, oder zu denen, die handeln dürfen.* Budinskys Auto sprang nicht an, der Anlasser stöhnte, quälendes Gejammer. Das erinnerte ihn an den Ford seines Vaters. Als seine Familie noch hier wohnte, quälte sein Vater jeden Morgen um fünf den ganzen Wohnblock damit, mindestens zehn Minuten lang das Auto anzulassen. Morgen für Morgen bekam Mamo alles mit, angefangen von der Klospüle bis zum aufbrausenden Geheul bei der Abfahrt. Danach konnte Mamo nicht mehr schlafen und wälzte sich nur noch im Bett herum, bis er seine Mutter, dann seine Schwester in der Küche herumhantieren hörte; jetzt machte er die ersten Versuche aufzustehen; er spürte nämlich eine Art Widerwillen dagegen, im Bett zu bleiben, eine Art Erniedrigung; vor allem weil er sich dann so nutzlos vorkam, entbehrlich. Jeden Morgen brauchte er eine Weile, bis er in die Küche taumeln konnte; er verglich dabei den nicht anspringenden Motor mit einem stöhnenden, quälenden Gejammer in seinem Inneren. Ihm gefiel der Vergleich, weil er sich nach dem Kaffee startbereit empfand; nur wußte er nicht, wohin.

Budinskys Auto sprang endlich an, ging aber gleich wieder aus, sprang wieder an und wurde beim Losfahren abgemurkst.

Mach doch, Mann!

Stotternd tuckerte der Wagen davon. *Budinsky, ein typisch deutscher Name,* stöhnte Mamo erleichtert. *Der Typ redet ja heute noch mit polnischem Akzent; bestimmt hat man ihm seinerzeit auch Knüppel zwischen die Beine geworfen, nun aber ist er selbst so ausländerfeindlich, daß du dir an die Birne fassen kannst. Aber nicht nur er. Viele Ausländer sind ausländerfeindlich geworden, einige sogar ausländerfeindlicher als mancher Deutsche. Sie glauben bestimmt, dadurch ihre Haut zu retten, verschont zu werden. Die Menschen müssen doch ein kurzes Gedächtnis haben; wie ist es sonst zu erklären: Gestern die Gepeinigten, morgen die Mitpeiniger? Oder denkt der Budinsky, dieser hassende Biedermann, vielleicht: Ich habe meinerseits Prügel bekommen, die anderen sollen sie ebenso haben, die Türken, die Gastarbeiter, sonst wäre die Welt ungerecht!*

Mamo lehnte das Gewehr an die Wand, schaltete das Licht aus und streckte den Kopf aus dem Fenster. *Immer mehr Fenster haben ihre Wimpern aufgeschlagen, und die brennenden Lampen sind wie Pupillen. Augen. Tausendäugler. Spurst du nicht, so fallen die Tausendäugler über dich her. Ansonsten sind sie wie das Auge des Zyklopen nach den liebenden Küssen von Odysseus.* Er räusperte sich und spuckte hinunter. Plock. *Hoffentlich kommen sie heute; vielleicht kommen sie heute; vielleicht kommen sie aber erst morgen oder übermorgen, wer weiß. Das macht nichts; ich habe Zeit, Kaffee ist genug da, Zigaretten auch, ich habe Zeit. Vor dem Jenseits hat man immer Zeit, immer; das zeigen auch die Streifen in den Kinos, die Halunkenfilme und die neue Welle auch. Dagmar sagt auch, ich wäre einer von denen, die so tun: Komm ich heute nicht, komm ich morgen. Aber diesmal irrst du dich, Schatz, das stimmt überhaupt nicht. Ich bin nur in der letzten Zeit so geworden, nachdem alles langsam aber sicher hoffnungslos wurde.* Und er blickte wieder hinaus wie geistesabwesend; seine Augen blieben an einer Fernsehantenne hängen.

Plötzlich spürte er seinen Blick wie an die Spitze des Wohnblocks festgenagelt. Wie Costas damals. Seine Blicke blieben an der gerade gegenüberliegenden Fassade hängen. Stundenlang. Kaum etwas konnte den alten Mann von seiner Haltung abbringen. Das hatte Mamo ständig mit Ehrfurcht, Angst und Faszination erfüllt.

Costas hatte im Nebenhaus gewohnt. An Sommerabenden, wenn es nicht regnete, saß er meistens im gemeinsamen Hof auf einem alten Klappstuhl bis spät in die Nacht. Wenn es regnete, stellte er sich dann unter das Schutzdach. Und dort schraubte er seinen Blick in die Luft. Wenn man ihn beim Vorbeigehen grüßte, erwiderte er den Gruß, ohne seinen Blick abzuwenden; daher wurde Costas von den Nachbarn als eigenartig empfunden. Manchmal, wenn Mamo die Angst vor ihm überwinden konnte, versuchte er, den alten Mann abzulenken, indem er mehrmals an ihm vorbeihuschte und ihm einen guten Morgen in Hochdeutsch zuschleuderte. Anfänglich reagierte der alte Mann, und das brachte Mamo zu ungehemmtem Kichern. Dann schien es, daß Costas all seine Sinne vergatterte und sie in die Richtung der Leere wies, so daß die Störversuche von Mamo nichts mehr ausrichten konnten. Und zu nahe wollte Mamo ihm auch nicht treten. Im Winter dagegen tauchte Costas überhaupt nicht auf, weder im Hof, noch auf der Gasse, und Mamo hatte seine Mutter gefragt, ob der Alte verreist sei. Sie hatte ihm geantwortet: Er hält seinen Winterschlaf.

Mamo hatte keine Ruhe gefunden, lief mehrmals das benachbarte Treppenhaus hinauf und entdeckte einmal im letzten Stockwerk eine Tür mit einer vergammelten Klingel, an der er neugierig schellte, um sich dann hinter dem Treppengeländer zu verstecken. Wäre der Alte erschienen, hätte er ihn mit einem Sprung nach vorne erschreckt, wäre dagegen jemand anderes an die Tür gekommen, hätte er sich geräuschlos weggeschlichen. Der alte Mann erschien, flüsterte einfach, trotz des aufbrausenden Getöses von Mamo, ach! du hier, und trollte sich schleppend wieder in seine Wohnung. Mamo steckte erst den Kopf durch die Tür und lugte hinein, dann schlich er auf federleichten Sohlen in die Bude und entdeckte den alten Mann auf seinem Klappstuhl sitzend. Der Stuhl stand aber nicht auf dem Boden, sondern auf einem niedrigen Wohnzimmertisch.

Die Dachstube hatte nämlich eine zu hoch angesetzte Dachgaube. Das Zimmer war nur spärlich möbliert: ein alter Schrank, ein kleiner Kühlschrank, der laut brummte, ein kleines Regal über dem Waschbecken, auf dem Töpfe, Teller und Geschirr lagen; Mamo begaffte ihn eine Weile und reckte sich dann, um auch dahinzuschauen, wohin der Alte starrte, aber die Gaube war ihm zu hoch; er stieg auf den Tisch und streckte sich neben dem alten Mann auf die Zehenspitzen, doch es langte immer noch nicht. So versuchte er, sich auf das Stuhlgestell zu stellen, und klammerte sich an Costas Arm fest. Der Stuhl krachte; Mamo ergründete erst, wie Costas reagierte; als dieser sich nicht rührte, lachte er verlegen und warf noch schnell einen Blick aus dem Fenster.

Achtung, brummte der Alte, als der Stuhl wieder knackte. Ist kaputt! Mamo kicherte nochmal verlegen und sprang hinunter, er stellte fest, daß der alte Mann, ohne einen Augenblick die Augen aus der Ferne abzuwenden, gesprochen hatte. Es wurde ihm unheimlich, er sprang hastig bis zur Tür im Flur. Der Alte lachte auf und wandte seine eindringlichen Augen ihm zu. Du hast Angst, nicht wahr? Ich fresse dich nicht, ich beiße nicht.

Was guckst du denn? kam daraufhin die langersehnte Frage von Mamo. Der alte Mann zerknautschte sein Gesicht, seine unheimlichen Augen verwandelten sich in trübsinnige, aber er blickte ihn weiterhin unverwandt an. Verunsichert rannte Mamo im Raum hin und her, als ob er verfolgt würde. Er tat es, um sich nicht von den eindringlichen Blicken des Alten gefangennehmen zu lassen. Sag doch! rief Mamo. Was siehst du denn? Sag's mir doch, bitte! Er hatte nämlich in der kurzen Zeit, in der er aus der Dachgaube hinausschauen konnte, nichts Besonderes entdecken können.

Du hast doch geguckt, oder nicht? sagte der Alte hilflos und mit einem scherzenden Unterton. Mamo hielt inne und blickte zu Costas auf. Geguckt oder nicht?

Es war der Glockenturm der Kirche zu sehen, der riesige

Bau des Kaufhofs, die vielen Dächer und der weiß getüpfelte Himmel. Sonst hatte er nichts erkennen können. Also hast du nix gesehen, rief Costas. Verlegen nickte Mamo 'ja', hüpfte nach vorne und wieder nach hinten. Und was hast du gesehen? fragte der Alte hartnäckig. Mamos Mund verzog sich zu einem verunsicherten Grinsen, er hob die Schultern und begann sich im Kreis zu drehen, als ob er irgendwelche Fußabdrücke am Boden verfolgte. Hinter Costas Rücken glaubte er sich unbeobachtet, schnickte den Kopf hoch und spähte zu ihm auf: Der Alte hatte ihn offenbar die ganze Zeit mit seinen Blicken verfolgt. Mamo fühlte sich ertappt, schnellte zur Tür, streckte nochmal den Kopf hinein und sah, daß der Alte sich wieder der Dachgaube zugewandt hatte, doch schien er aus den Augenwinkeln zu ihm herüberzuschielen. Mamo stieß einen Überraschungsschrei aus, rannte dann hinaus und knallte die Haustüre zu.

Hinter den dunklen Häusern wurde es langsam hell. Mamo wandte seinen Blick von der Fernsehantenne ab: Sie nennen es Silberstreifen, was sich da am Himmel morgens bildet, wenn es hell wird; aber zwischen den Wohnblocks ist kein Silberstreifen zu sehen, nur das Bläuliche der Luft.

4.

Er hörte eine Tür zuschlagen; es waren die Nachbarn nebenan. Aischa hatte angefangen zu schluchzen und zu heulen, ihre Mutter fluchte mit schriller Stimme. Schäm dich, in deinem Alter! Heute abend gibt der Vater dir den Rest! Jede Nacht, jede Nacht! Einmal muß endlich Schluß sein! Aischa schien nun ins Bad verschwunden zu sein, weil ihre weinende Stimme gedämpfter in Mamos Wohnung drang. Die ältere Schwester, Rahma, war herbeigeeilt, ihre Mutter klagte lauthals weiter: Welch ein Unglück uns zugestoßen ist mit dieser Tochter! Sie hat wieder ins Bett gepinkelt. Rahma machte sich zum Echo ihrer Mutter, und Aischa begann nun zu wimmern. Mamo kannte die Hintergründe. Aischa hatte angefangen, ins Bett zu machen, seitdem es in der Schule schlecht ging. Sie hatte dort Schwierigkeiten und sollte in die Sonderschule versetzt werden. Die Eltern hätten die Absonderung ihrer Tochter als große Familienschande empfunden; sie drohten nun, sie in die Heimat zu schicken, was offenbar das ganze noch verschlimmerte. Und es verging kein Morgen, an dem nicht die Nachbarn diese wehklagenden Szenen zu Mamo herüberfunkten.

Ab sechs Uhr brodelte es in den Wohnblocks wie in Kochtöpfen, und er konnte die Herkunft der Geräusche nicht mehr ausmachen. Aischa schluchzte leise, kaum hörbar, in ihrer Küche klirrte das Geschirr. Wahrscheinlich spülte Rahma, und auf der Treppe war das Geklapper von Schuhen zu hören. *Alles geht zur Arbeit, und ich sitze hier; wie ein abgenabeltes Telefongerät.* Wie Kleckse waren die Wolken am Himmel; die Sonne war wieder einmal abwesend, ein Oktobertag im Mai heute. Ali schlüpfte aus dem Tor und überquerte die Straße, schritt zu seinem Auto mit Aktenkoffer, Hut und diszipliniertem Gang. *Wie ein Deutscher, der Typ. Er macht immer eine bierernste Miene, wenn er mir begegnet, ganz schleimig grüßt er. Heute abend - oder vielleicht erst morgen, wer weiß - wird er vielleicht staunen, er wird glotzen über die irre Party, die ich veranstalten werde; aber verstehen, das wird er wahrscheinlich nicht, dieser Schleimtyp. Ob meine Eltern es verstehen werden? Und Dagmar?*

Er versuchte, sich Dagmar vorzustellen. Ihr Gesicht, ihre Augen mit traurig erloschenen Blicken und leicht aufgestülpten Lippen. So sah sie doch aus, als er sie zum letzten Mal sah. Oder? Und ihre Haut, wie roch sie denn noch? Sie roch trotz des Regens und des Schwitzens nach einer Bergpflanze, die er nicht kannte - nach dem Duft hatte er sie früher schon gefragt, weil er jedesmal so verrückt danach wurde. Deine

Haut ist wie ein Veilchenblatt, hatte er ihr gleich gesagt, und wie ein Kind an seine Mutter hatte er sich an sie geschmiegt. Ihm fielen die letzten Stunden mit ihr ein, die Auseinandersetzung. Wäre Dagmar wirklich in der Lage gewesen, ihn zu verstehen? Hatte sie ihm nicht schon mal gesagt, sie empfinde ihn als sehr kompliziert? Von tausenden von Kleinigkeiten verletzbar? Von Sachen, bei denen sie sich gar nichts dachte und er gleich obenraus war. Aber beteuerte sie nicht gleichzeitig, daß sie ihn mochte, ja liebte, so wie er war und nicht anders? Ihr gefiel es, daß er, so sagte sie, einmal so stur wie ein Bock und einmal so zahm wie ein Lamm war. Und er? Wäre er überhaupt in der Lage gewesen, Dagmar zu verstehen? Zu empfinden, von welchen Regungen sie geleitet wurde? Welche Gefühle sie hegte? War sie wirklich so, wie er sie wahrnahm? Kannte er sie wirklich, so wie er glaubte? War er nicht immer ratlos, wenn sie ihn - für ihn plötzlich und ohne erkennbaren Grund - abwies? Anfänglich hatte ihm Dagmar anvertraut, daß sie dann und wann das Männergeschlecht hasse, wovon er sehr betroffen, ja gekränkt war, und ein anderes Mal, daß sie sich wünschte, ein Mann zu sein. Sie fühlte sich manchmal von Männern bedroht. Einmal hatte sie sich sogar von Mamo bedroht gefühlt. Mamo war daraufhin bestürzt gewesen, und sie erläuterte ihm, daß sie sich geängstigt hatte, als er wütend geworden war; das rabiate Gesicht hätte sie an ihren Vater erinnert, an ihre Kindheit.

An einem Abend damals hatte sie in ihrem Bett gelegen, da erschien hinter der Fensterscheibe ein Männergesicht, das etwas von ihr wollte - es war das Gesicht ihres Vaters gewesen. An diesem Punkt stoppte sie ihre Erzählung, denn Mamo hörte ihr ratlos zu; sie dachte, daß er es nicht verstehen könnte, und sagte ihm das auch. Daraufhin hatte Mamo sie angeschrien: Warum gehst du dann mit mir? Warum? Ich liebe dich doch, und ich brauche dich, hatte sie mit hingebungsvoller Gebärde gesagt. Zuerst hatte ihn das Wort 'brauchen' gestört, er verstand es im Sinne von 'gebrauchen'.

So oder so, er kam nicht umhin, sich selbst die Frage zu stellen. Liebte er sie? Sein Inneres konnte die Frage bejahen. Dann aber überlegte er, warum er vor festen Bindungen so eine riesige Angst hatte? Und warum hatte er nicht auf Dagmar gehört? Anstatt nun in dieser verdammten Bude zu hocken und zu warten, bis es soweit sein würde? Hatte er sich nicht vielleicht auch von seinen egoistischen Wünschen leiten lassen? Ist er nicht mit Dagmar gegangen, weil er sie gebraucht hatte? Er wollte sie doch, sofort nachdem er sie kennengelernt hatte, *für sich* haben und nicht *mit sich*, oder? Fühlte er sich vielleicht nicht von ihr angezogen, von ihren Augen, ihren Lippen? Ja, die Augen, der Mund, und dann Dagmar als Mensch, oder? Wieviele Male hatte er sich dabei ertappt, daß er seine ganze Blickweite reduziert hatte? Es war bestimmt oft. Aber vielleicht machte Dagmar es genauso. War also vielleicht die Liebe auch eine Illusion, eine unter vielen, aber vielleicht die schönste von allen? Und waren doch diese Illusionen immerhin diejenigen, die ihm Kraft gaben weiterzumachen, oder?

Und könnte Dagmar wirklich verstehen, daß er zwar ein Weder-Fisch-noch-Fleisch war, aber deshalb niemand das Recht besaß, ihn deswegen von einem Land ins andere zu versetzen? Daß also, bloß weil seine Eltern eine andere nationale Herkunft besaßen, sie kein Recht hatten, ihn aus dem Lande, in dem er geboren worden war, zu verbannen? Daß also er das Recht hatte, sich zur Wehr zu setzen? Daß also zum Leben Konsequentsein dazugehörte? Warum lebte man sonst?

Der Gedanke, daß er vielleicht an diesem Abend nicht mehr am Leben wäre, wenn sie tatsächlich heute aufkreuzen würden, ließ ihn seine Fragenkette abbrechen. Er spürte seinen Schweiß ausbrechen und stellte sich seine Leiche vor, das entspannte Gesicht, die Hände auf der Brust.

Dann ist es mir schnuppe, wo ich hinwandere, wohin ich abgeschoben werde. Alles zum Kotzen: sie haben unsere Eltern geholt für ihre Wirtschaft, sie haben unsere Eltern wie Eisenstücke verarbeitet, und wir selbst wurden gewissermaßen wie kaputte Puppen in Abstellräume gestellt. Sie dachten, wir würden nie wachsen, wir würden nie groß werden, sie haben nicht damit gerechnet, daß auch unsere Zeit kommen würde. Für uns war kein Platz eingeplant, wir kriegen keinen Anschluß, keine Lehrstelle. Ich habe immer nur gewartet, immer nur gewartet, erst zu Hause, dann in der Schule; zuletzt bin ich zum Schweißer-Lehrgang gegangen, habe mich mit Elektroden und Schweißnähten fertig gemacht, dann stand ich am Ende des Lehrganges wieder auf der Straße. Neulich habe ich im Fernsehen gesehen, daß Roboter die ganze Schweißerei betreiben, und in naher Zukunft keine Schweißer mehr nötig sind. Es ist alles Betrug, was sie mit uns machen, alles Betrug.

Draußen erkannte er die zwei Kinder von Demir Hand in Hand die Straße überqueren. Josès Tochter verweilte auf der anderen Straßenseite, und gemeinsam trabten sie zur Schule. Ob ihnen dasselbe bevorstehen wird? Und mit seinen zwanzig Jahren kam er sich schon sehr alt vor, wie ausgelebt fühlte er sich. Die drei Mädchen äugten ängstlich nach dem Autoverkehr und überquerten wieder die Straße, als sie frei war. Bei dem Bild der sich an den Händen haltenden Kinder mußte er an seine Kindheit denken. Zerbröckelte Erinnerungen kamen ihm in den Sinn. Ihm fiel ein, daß ihm ständig blöde Fragen gestellt worden waren; Fragen, die mit ihm gar nichts zu tun hatten.

Besonders der deutsche Kollege seines Vaters hackte immer auf ihm herum. Nach der Arbeit brachte dieser seinen Vater nach Hause, und sein Vater lud ihn auch manchmal ein, ein Gläschen mit ihm zu trinken, was er offensichtlich nie ablehnte. Einmal wollte er von Mamo wissen, als was er sich fühlte. Mamo saß gerade vor dem Fernsehen und ärgerte sich, daß er gestört wurde.

Gut, brummte Mamo, ohne den Blick von der Glotze abzuwenden.

Vaters Kollege hatte säuerlich dazu gelächelt und weitergebohrt: Das sehe ich, daß es dir gut geht, aber was bist du denn, ich meine, welcher Nationalität?

Ich bin Amerikan! quakte Mamo prompt, und alle im Zimmer lachten schallend. Sie dröhnten so heftig, daß er die Sendung nicht weiter verfolgen konnte. Ihn überraschte nun, daß er damals nicht Deutschland oder das Land seiner Eltern genannt hatte.

Der Mann ließ an dem Abend nicht locker und versuchte, tiefer zu bohren: Bist du nicht Deutscher?

Mamos Antwort war barsch und entschieden: Nein!

Warum nicht, schrillte der Arbeitskollege seines Vaters wie ein erhitzter Bohrer auf hartem Metall.

Darum. Solche Antworten hatte er von seinen deutschen Mitschülern gelernt, und er freute sich unermeßlich, sie nun auch anwenden zu können.

Sag doch, quetschte der Mann ihn weiter aus.

Die Deutschen sind Arschkriecher, tönte Mamo, und er dachte wieder an seine Mitschüler.

Und die Amis? wollte der Mann weiter wissen. Offenbar ließ den Kollegen seine Wahl für die Amerikaner nicht in Ruhe. Warum die Amis?

Sie verteidigen die Freiheit mit der Knarre, hatte Mamo selbstsicher geantwortet, mit einer Haltung, die an die weisen Männer erinnerte, die nach bedeutenden Sachen gefragt wurden.

Mamo mußte bei der Erinnerung an diese Antwort lachen. Hatte er das wirklich gesagt? Oder hatte er diesen Satz erst jetzt aus den Erinnerungsfetzen zurechtgebastelt, um sein gegenwärtiges Verhalten zu rechtfertigen?

Er biß die Zähne zusammen und packte den Griff des Schießeisens fester. *Hoffentlich kommen sie bald, hoffentlich!*

gellte es in ihm, und er schlürfte dann den abgestandenen kaltgewordenen Kaffee. Er schielte hinaus durch den Mofaspiegel, man konnte auf der Straße alles gut erkennen, alles gut überschauen; das tat ihm wohl: Es war eine gute Idee gewesen, den Spiegel am Fenster anzubringen. Er beugte sich weiter vor und erblickte sein Spiegelbild, schreckte zurück, denn sein Ebenbild machte ihn nervös; er mußte sofort an den Kanarienvogel seiner Schwester denken. Und an die Tontauben.

5.

Sobald sein Blick müde wurde, draußen herumzuspazieren, durchwanderte er schleppend das Zimmer und blieb meist am rahmenlosen Bild über dem Sofa haften, das Dagmar und Mamo bei ihrem letzten Ausflug vor dem Hauptportal eines schlicht gebauten Doms zeigte. Es lag nun etwas Bedrückendes in diesem Bild; der Klotz im Hintergrund mit dem mächtigen Hauptportal und die fünf Nischen mit Heiligen darin schienen die Umarmenden zu erdrücken. Das Lächeln auf ihren Lippen wirkte wie aufgeklebt; aus ihren Gesichtern schimmerte aber trotzdem die Fröhlichkeit der Stunde. Die anderen Fotos der gleichen Serie lagen noch wie hingeworfen auf dem Fernseher.

Er holte sie sich und betrachtete sie seufzend von neuem. Doch dann entlockte ihm das Foto an der Kaisergruft ein Lächeln.

Vor der Statue Rudolph von Habsburgs hatten sich Dagmar und Mamo mit Selbstauslöser fotografiert; auf die eine Hand, auf der die Statue eine Art Ball hielt, hatte Dagmar eine leere Cola-Büchse gestellt, der anderen Hand hatte Mamo eine Zigarette zwischen die Finger gesteckt. Auf der Brust des abgebildeten Kaiserdenkmals war ein Wappen mit einem Adler gezeichnet, über das Mamo „Der Kanzler" geschrieben hatte; dann hatten sie sich in Pose gestellt: Umschlungen in einer innigen Umarmung standen sie mit frecher Miene neben der Statue. Nach der Aufnahme hatten sie weitergeklönt.

Seitlich auf der Schulter der Statue war noch ein Wappen eingemeißelt, das einen Löwen darstellte. Das bist du, hatte Dagmar gewitzelt. Und Mamo hatte sofort auf den Adler gezeigt und getönt: Und das bist du. Aber siehst du den Löwen? Siehst du nicht, wie er in Angriffsstellung ist? Er stürzt sich auf dich und will dich fressen, rief er noch, indem er auf sie zusprang; dann drückte er sie an sich und küßte sie auf die Stirn. Aber sie sagte: Nicht hier, in dieser Atmosphäre. Mamo blickte um sich. Du hast recht, brummte er, lachte aber. Tatsächlich hatte sie die Krypta, der Nachhall ihrer Schritte eingeschüchtert; und die geheimnisvolle Dämmerung im Raum des Altars hatte sie zusammenrücken lassen. Dagmar näherte sich der Statue: Siehst du, rief sie, wie der Adler in Abwehrstellung ist? Wer hofft, ihn zu verspeisen, der täuscht sich. Dem werden die Augen ausgekratzt.

Komm, rief Mamo, und zog sie an der Hand. Sie eilten in der Dämmerung zwischen Säulen und Pfeilern hindurch; dann begann er von seinen Plänen zu erzählen: daß er nun den Lehrgang beendet habe, und kein Job in Aussicht sei; deshalb hätte er mit Dieter geplant, eine Kneipe aufzumachen: In der Goethestraße wäre auch schon eine für sie in Aussicht; der Besitzer hätte nichts dagegen gehabt, und sie dachten daran, neben den Leckerbissen für Insider auch einen Saal mit viel Sound und Knutschecken einzurichten. Das dürfte irre anziehen, meinte er, und unsere Probleme wären gelöst. Dagmar hatte dazu nur genickt, aber nicht überzeugt ausgesehen. Erst später hatte Mamo gemerkt, daß sie bei diesem tollen Plan sehr skeptisch war; und sie hatte recht behalten. Wie es so schön heißt: Die tollsten Pläne scheitern an Lappalien, an winzigen Formalitäten. Aber in der Bundesrepublik waren Formalitäten entscheidend, das hatte Mamo bisher nicht gebührend berücksichtigt. So hatte er sich den Kopf zerbrochen, und mit Dieter hatte er sich dumm und dußlig geredet; nichts und wieder nichts war dabei herausgekommen.

Mamo verzog das Gesicht bei der Erinnerung, und er blätterte hastig die übrigen Fotos durch, ohne genau hinzuschauen; so als würden sie etwas Beunruhigendes verbergen. Etwas mehr als ein Jahr war seit diesem Ausflug vergangen; ein Jahr: *Hier bin ich, der Trümmerhaufen, der auf die Schippmaschine wartet.* Er lachte höhnisch auf. *Da haben wir's wieder: Das Warten. Offensichtlich ist für unsereinen Zeit no Money, oder umgekehrt: Time is Money, und wir haben von Geburt an sehr viel Zeit, sogar zum Verschleudern.*

Er erinnerte sich an manche Tage am Treffpunkt, an denen er sich zu Tode gelangweilt hatte, weil es nichts zu tun gab; verzweifelt hatte er bei sich zu Hause irgendeine Betätigung gesucht; aber seine Mutter hatte ihm zu verstehen gegeben, daß sie ihn aus dem Haus haben wollte; sie ertrug es nicht, ihn in der Wohnung herumkruscheln zu sehen. Und vor der geschlossenen Kneipe hatten seine Freunde wie zusammengetriebene Schafe bei der Siesta gestanden: Dieter hantierte mit runden Steinen, Steine, die fast so rund wie Münzen waren, Horst spielte mit seinem Schuh und mit einer leeren Zigarettenschachtel, andere lehnten sich müßig an die Mauer, einige hüpften von einem Fuß auf den anderen, irgendeinem Rhythmus folgend, der sich vielleicht in der letzten Discostunde in ihren Kopf eingeprägt hatte, und Mamo spielte mit einem Bierdeckel, den er vor dem Kneipeneingang aufgehoben hatte; zum wievielten Mal hatte er die Zeichnung auf dem Deckel studiert: Ein Hufeisen aus goldener Farbe, dazwischen ein roter Stern und um das Hufeisen gelbe Münzen ohne besondere Zeichen darauf.

So hatten sie den Sonntagnachmittag verbracht, und er

mußte wie so oft an Costas denken, er mußte sich mit ihm vergleichen. Aber sie quälte etwas anderes als ihn. Stundenlang mit der Frage vor Augen: Was tun? Wohin? Das Wochengeld, das er von seinem Vater bekommen hatte, war schon am Samstag verpulvert: Ein Getränk, einige Games und Adieu. Die Langeweile war sein Zuhause geworden, und er spürte, daß er innerlich langsam aber sicher verkümmerte.

In jenen Augenblicken vor der am Ruhetag geschlossenen Trinkbude, wenn sie alle nichts rührte und sie nur noch auf das Sterben des Tages warteten, fühlte er sich plötzlich auch in Agonie; und je weniger sie taten, desto mehr erlahmte er und hatte tatsächlich Angst, sein Inneres könnte eines Tages wirklich sterben, wie der Tag stirbt, und er würde dann nur noch als Körper weiterleben, wie ein Computer, eine Gamebox, an der man Tasten drückt und Reaktionen folgen. Er ahnte, daß das Gefühl des Zeitstillstands in solchen Augenblicken dem Tod ähnlich sein müßte; erschrocken blickte er auf seine Freunde und stieß sie mit dem Ellbogen an, sagte etwas Scherzhaftes und ergründete ihre Gesichter, um herauszufinden, was sie in diesen Augenblicken fühlten. In ihren Augen und ihren ausdruckslosen Gesichtern sah er sich wieder, seine Ebenbilder. In ihnen ereignete sich nichts, alles schien still zu stehen. Da spürte er seine Ohnmacht, sein Ausgeliefertsein; er spürte, daß seine ganze Kraft, er selbst, sich in dem Warten verlor. Die Zeit schien zwar nicht zu vergehen, und doch war sie Eis, sie schmolz dahin, fließend wie ein Strom; ein Strom aber, der sich im Kreis bewegte. Mamo ahnte ganz verschwommen, daß er sich jeden Tag in diesen Kreis begab, daß er im Strudel gefangen war, im Strudel, der stets endete und doch nie zu Ende kam, der immer wiederkehrte. Allmählich stellte sich bei ihm das Gefühl der Leere ein.

Er ging trotzdem immer wieder zum Treffpunkt in der Hoffnung, er könnte doch den Kreis durchbrechen, aber bereits nach fünf Minuten ergriff ihn die innere Austrocknung, die innere Öde. Und er versuchte in die Spiele zu fliehen: Er versank in den Games und shootete seine Taschen leer; und hoffte, daß durch eine Arbeit, egal welche, und durch Dagmar noch eine Rettung kommen würde. Er erhoffte es sich sehr.

6.

Erst nach dem Abklingen des langen Winters hatte Costas wieder begonnen, sich abends im Hof niederzulassen. Auf dem kleinen Rasen neben der Wäscheleine wuchs neues saftiges Gras, und in den schmalen länglichen Beeten am Zaun entlang breitete sich das erste Frühjahrsgemüse aus. Aus den Fenstern schallten die unterschiedlichsten Rhythmen hinunter; rasender Hardrock aus dem zweiten Stock mixte sich mit zarter Lautenmusik aus dem Erdgeschoß, düstere Newcomer-Stimmen erdrückten die klagende Stimme einer arabischen Sängerin; Wortfetzen beschäftigter Frauen, die ihre Kinder zur Ruhe mahnten, und Töpfegeklapper klangen in den Hof hinunter; die Mutter von Rahma hatte nun auch eine Kantilene angestimmt, durch die sie Gott zur Hilfe rief; am Blockeingang quatschten zwei Männer, und in der Gasse schrillten spielende Kinder wie ein Zikadengesang; und Costas hatte im Hof seinen Bick in die Luft genagelt.

Mamo sprintete hinter Rahma und Franz her, zwischen den beiden Männern hindurch und stolperte über den Fuß des einen. Erbost schrie dieser ihnen nach: Freche Bengels, gebt acht! Als die drei Kinder den alten Mann bemerkten, stoppten sie ihr Rennen. Guck mal, er ist tot! hatte Rahma entsetzt geschrien. Der auf dem Stuhl ist tot!

Quatsch. Mamo winkte abfällig ab; und Franz schlich sich vorsichtig zum erstarrten Costas hin.

Guck mal, der bewegt sich nicht, er ist tot, er ist tot! Plötzlich überkam auch Mamo eine riesige Angst, daß der

Alte wirklich tot sein könnte. In einem Fernsehfilm hatte er einmal einen auf dem Stuhl hockenden Toten gesehen mit starrem, ins Leere schauenden Blick und unbeweglichem Körper; die Kamera hatte sich dem Toten genähert, und man konnte in Zeitlupe den Erstarrten betrachten.

Der ist gar nicht tot, kreischte Mamo dann erregt. Guck mal, die Augen! Der bewegt sich doch! Tatsächlich zeigten sich Costas Augen nicht ermattet, und sein Brustkorb bewegte sich auf und ab, langsam und kaum wahrnehmbar, aber er bewegte sich. Franz stoppte etwa einen Meter vor dem alten Mann und hielt sich in Fluchthaltung.

Bist du tot? rief er mit ängstlicher Stimme. Costas Augen starrten unentwegt ins Leere; Franz wandte sich zu den beiden anderen um und hob die Schultern. Dann glotzten alle drei zu dem Punkt, auf den Costas blickte: Man konnte dort nichts bemerken, nichts erkennen.

Da tut sich nichts, meinte Franz, der ist wirklich tot. Und er drehte sich wieder zu Costas. Ehi, du, lebst du noch, oder bist du tot? Rahma begann fürchterlich zu wimmern. Hilfe! Hilfe! Mama, Mama, Hilfe! Und sie rannte weg. Franz, ganz verängstigt, machte einen großen Sprung zurück.

Plötzlich fing Mamo an zu kichern und lachte lauthals los, dann ging sein Lachen in ein verlegenes Kichern über, und ab und zu schielte er auf den Alten. Dann lachte er von neuem auf. Franz glotzte ihn verblüfft an und warf dem Hockenden einen forschenden Blick zu, aber ohne Auffälliges zu erkennen. Mamo wies mit der Hand auf Costas, doch Franz verstand es nicht, da spritzte Mamo zu Costas hin, zeigte auf die Hand des Greises und sprang wieder zu Franz zurück. Hast du gesehen? Mamo kicherte wieder. Der kleine linke Finger des Alten hatte sich bewegt. Auch Franz kicherte los, und Rahma kam neugierig wieder zurück. Alle drei gickelten und lachten amüsiert.

Warum machst du das? Warum? wandte sich Franz an Costas; Mamo blinzelte den beiden zu, hüpfte entschlossen auf Costas zu und schnappte nach dem sich bewegenden Finger, die beiden anderen lachten kurz und erregt auf. Langsam löste Costas seinen Blick von dem fixierten Punkt und drehte sich im Zeitlupentempo zu Mamo, der ihm frech, aber verunsichert zulächelte. Costas eindringliche Augen flößten ihm wieder die kitzelnde Angst ein, aber auch die weiche, schlaffe Fingerhaut des Alten ward ihm unheimlich, und er ließ los und flitzte zu den anderen beiden zurück. Was ist los, Kinder? Seine Stimme wirkte fern, wie aus einem Behälter kommend.

Nix, sagten sie ehrfürchtig und begleiteten ihre Aussage mit Kopfschütteln und einem verlegenen Lächeln auf den Lippen. Nix, wir spielen nur.

Dann griff Franz ein: Komm wir gehen, kommt, wir spielen Versteck. Er zog an Rahmas Hand, sie ließ sich auch gerne wegziehen. Dann eilte er wieder herbei und packte nun auch Mamo an der Hand. Komm doch! Rahma hatte ihre Hände auf den Kopf gelegt und hüpfte mit beiden Beinen auf imaginären Kreiderechtecken. Also tschüs, rief Mamo dem Alten zu. Wir müssen jetzt spielen.

Costas begleitete sie mit den Augen zur Gasse hinaus. Die Kantilene von Rahmas Mutter schwebte immer noch in der Luft in ihrer jammernden Eintönigkeit; die Klänge und die singenden Stimmen aus den Recordern vermischten sich, nun waren die Stimmen der am Eingang tratschenden Männer verschwunden, aber an ihre Stelle war die Stimme des Nachrichtensprechers aus einem lauten Fernseher getreten. Es dämmerte draußen, und die Kinder wurden mit grellen Stimmen nach oben befohlen.

Bevor Mamo die Treppe hinaufrannte, blickte er noch einmal zu Costas. Er hockte noch an der gleichen Stelle, hustete aber, und sein Stuhl quietschte. Anstatt hinaufzugehen, kehrte Mamo noch einmal auf den Hof zurück und machte aus Verlegenheit einen Kreis um sich. Abwechselnd blickte er zum Fenster seiner Wohnung hinauf - das Licht brannte schon - und auf den Alten, der von der Dunkelheit langsam umschattet wurde.

Dann fragte er: Warum guckst du immer so? Ich meine, was machst du da immer? Die Dämmerung hatte Costas Gesicht noch mehr verdunkelt, doch konnte man seinen sich zu einem Lächeln verbreiternden Mund erkennen.

Ja, mein Sohn, sprach der Mann mit schleppender Stimme, ich sehe fern.

Mamo fühlte sich gefoppt, wandte sich wie ein Aal und lächelte. Nein, rief er und zog das 'n' ins Unendliche, du hast keinen Fernseher! Sag es mir doch endlich!

Ja, mein Sohn, ich gucke weg. Seine ernste Miene wich nun einer erheiterten.

Warum nennst du mich 'mein Sohn', ich bin nicht dein Sohn! Du bist nicht mein Vater, hörst du? stampfte Mamo trotzig mit den Füßen auf den Boden.

Der alte Mann rang sich zu einem Lächeln durch. Ich weiß, daß du nicht mein Sohn bist, aber du bist wie ein Sohn. Des alten Mannes Lächeln wurde noch breiter, mit den Mundwinkeln nach oben wirkte sein Lächeln wie eine auf den Rücken gelegte Mondsichel.

Nein, es ist nicht egal, rief Mamo trotzig. Unablässig senkte sich die Dunkelheit auf sie nieder; immer mehr Lichtsäulen drangen aus den Fernstern in die Dämmerung und trafen die beiden im Hof wie Halogenlampen das Podium.

Komm her, rief der Alte mit sanfter Stimme, komm, keine Angst. Zögernd und in gespannter Körperhaltung näherte sich Mamo. Komm neben mich, dann gucke wie ich, schaue wie ich. Er nahm ihn an der Hand und führte ihn neben sich.

Mamo zuckte zusammen, ihm machte die weiche, schlaffe Haut Costas wieder einen unangenehmen, ungewohnten Eindruck.

Keine Angst, ich fresse keine Kinder.

Die Hand des Alten wirkte kühl, und als Mamo fest drückte, spürte er die Runzeln. Was hast du da? Was? Hier, das da?

Ach so, lachte er auf, das, ja das war die Zeit, die Zeit hat viel mit meiner Haut gespielt, und meine Haut hat sich vor Freude gefaltet. Aber gucke, er schob Mamo in die richtige Stellung neben sich, sieh, was ich sonst immer ansehe. Mamo strengte sich an. Siehst du was? fragte der Alte. Mamo schüttelte den Kopf. Und, was siehst du?

Mamo strengte sich noch mehr an; der verdunkelte Hof, die Wäscheleine, die Stöcke, der Zaun, die Müllcontainer, die dunklen Schatten abgestellter Gegenstände, seitlich die Fensterlichter wie abgeschwächte Scheinwerfer. Der Alte schien leicht zu grinsen. Und? Mamo machte ein Fratze, lächelnd und verwirrt, der Ahnungslose, und er hob die Schultern.

Guckst du auf die Mauer? fragte der Alte. Mamo wandte den Blick zur Mauer, konnte aber dort nichts Auffälliges sehen und begann, unruhig zu werden. Costas legte endlich los: Deine Augen machen noch keine Kurven, gell?

Kurven? meinte Mamo skeptisch. Kurven? und er machte ein Zeichen der Überraschung.

Das Fenster im vorletzten Stockwerk wurde schlagartig aufgerissen, und Mamo wußte gleich Bescheid. Mit schriller Stimme rief seine Mutter hinunter, Mamo möge sich endlich heraufbemühen, wolle er nicht mit einer Tracht Prügel ins Bett steigen.

Deine Mutter, sagte Costas, du bist noch ein Kind, hopp, du mußt jetzt schlafen gehen. Ja, ja, sagte Mamo enttäuscht. Was machst du da unten? gellte wieder die Stimme seiner Mutter. Was machst du mit dem Alten? Komm hoch, aber schnell. Sie klappte das Fenster heftig zu.

Mamo stellte sich sofort startbereit, doch er wandte sich Costas noch einmal fragend zu. Und willst du es mir nicht sagen?

Ich habe doch gesagt, meine Augen machen Kurven - er wies mit dem Finger auf seine Augen - über die Mauern und Häuser und Straßen und noch weiter und weiter. Meine Augen halten nicht bei den Grenzen an, verstehst du? Mamo war enttäuscht über die Antwort. Er verstand ihn nicht, und als ob der Alte seine Gedanken lesen könnte, fügte er hinzu: Gut, ein anderes Mal erkläre ich es dir. Du kannst nichts sehen, es ist zu dunkel, aber wenn es hell ist, zeige ich es dir. Alles klar?

Mamo nickte, es wurde ihm klar, daß die Dunkelheit ihn eventuell gehindert hatte, das zu sehen, was der alte Mann stundenlang betrachtete. Wieder vernahm er, wie ein Fenster geöffnet wurde. Er spurtete los und rief beim Rennen dem alten Mann zu: Tschüs. Als seine Mutter wieder herunterschrie, hörte man Mamos Schuhgeklapper auf den ersten Treppenstufen.

7.

Es war bestimmt ein Clown. Es war gewiß ein Clown. Doch war's ein Clown. Nein, das war keiner. Aber, Dagmar, wie er gewatschelt ist, wie er geschmückt war mit seinen traurigen Augen, was soll er sonst gewesen sein? Ein gewöhnlicher Zwerg. Zwerge watscheln doch alle, oder? Weiß ich nicht.

Sie blieben vor der Attraktion der letzten Jahre stehen, dem Piratenschiff. Dicht zusammengepreßt war die Menschenschlange an der Kasse; vor der riesigen Schau glotzten die Versammelten voller Neugier und Staunen, etliche tanzten nach den Takten aus den glitzernden Boxen. Das Piratenschiff zischte voller Wucht in die Luft und gelangte fast bis zur Höhe, wo es sich überschlug; die darin Sitzenden kreischten voller Erregung, lachten und johlten.

Stark, was? brüllte Mamo gegen den Lärm; Dagmar neigte sich vor, um zu lauschen. Mamo wiederholte, was er gesagt hatte, und Dagmar meinte: Es geht.

Die rasenden Drums aus einem letzten Disco-Hit wurden von der Stimme des Sprechers abgelöst. Nuschelnd sagte er durch das Mikrophon: Gut so, gut so, Freunde, gut so! So, jetzt bleibt's da oben ein bißchen stehen, jaa, soo! Gut so, ihr sitzt gut jetzt, bleibt ein bißchen stehen. Das Piratenschiff war auf dem Wendepunkt stehen geblieben, man sah die vielen Köpfe nach unten hängen wie Stecknadeln auf dem Schiffsmantel. Gestöhne und Geschrei prasselten auf die Zuschauer herunter, die den Atem anhielten und staunten, anschließend ließ der Mann an der Kasse durch die Lautsprecher einen Heavy-Metal-Rhythmus dröhnen, worauf einige Jugendliche mit Händeklatschen und Schleudern der Beine und Arme reagierten. Dann sauste endlich das Schiff herunter und raste vorbei. Und das Ganze noch einmal, entgegen unseren Showregeln, nuschelte der Sprecher. Da kommt ihr schön ins Schwitzen mit dem Piratenschiff, und jetzt bleibt's wieder ganz oben in 26 Meter Flughöhe; den Atem anhalten und ein paar Takte Disco-Musik zum Anheizen, Freunde, und viel Spaß, viel Schwung, rund geht's bei uns. Das Ganze läuft bei uns mit Schwung, und mit viel Schwung kommt die Begeisterung!

Während das Schiff wieder am Wendepunkt innehielt, setzte ein neues Lied an: I remember you with love / our time is over / I want to kiss you for the next time, I'm walking a long time. Dann wiederholte der Chor den Satz mehrmals: our time is over / remember me. Mamo umarmte Dagmar ganz fest; ihm wurde elend zumute; er dachte: Der Song ist für mich geschrieben worden, der paßt wie die Faust aufs Auge, welch ein Zufall, der paßt genau auf mich. Und er versuchte, sich den Augenblick des Abschieds vorzustellen, dachte an das Schreiben des Scherbengerichts, das erst heute morgen ins Haus geflattert war, und an die Kerle, die ihn abholen würden. Wer weiß, vielleicht würde auch Volker dabeisein. Er konnte es sich nicht anders vorstellen: Der Typ darf ja bei solchen Geschichten nicht fehlen. Er haßte ihn; irgendwie ersehnte er sich eine Revanche für alles, was Volker ihm angetan hatte.

Der Chor wurde von rasenden Drums und Synthesizern

abgelöst, und Mamo atmete erleichtert auf; er zog Dagmar noch fester an sich und streichelte ihre Haare. Was ist los mit dir? Nur so, antwortete er, mich freut, daß wir doch auf dem Rummelplatz gelandet sind. Er küßte sie.

Eigentlich wäre er lieber zu dem Treffpunkt gegangen, aber dann hatte sie gesagt, daß sie sich dort nur totlangweilen würde, und er hatte ihr bedingungslos zugestimmt. Sie hatte dann gefragt, ob die Kirmes doch nicht etwas Kitzel für ihre erschlafften Nerven wäre; das hatte Mamo verneint, er dachte nämlich an den Krieg, den ihm die Ausländerbehörden erklärt hatten, da hatte er genug Nervenkitzel, beinah zuviel, das brachte ihn in Rage, und er wunderte sich, daß er noch keinen Nervenkurzschluß bekommen hatte. Das alles beichtete er Dagmar natürlich nicht; er wollte nicht den Abend mit seinen Problemen vergällen und auch nicht über seine Schwierigkeiten mit ihr sprechen. Er hätte ihr vielleicht jetzt alles erklären, von Adam und Eva anfangen müssen, aber er empfand das als eine zu schwere Belastung. Im Prinzip war er bereit, über Gott und die Welt zu reden, nicht aber über die Schwierigkeit, Sohn von Gastarbeitern zu sein, als Ausländer bezeichnet zu werden, ohne sich als solcher zu fühlen. Da hätte sie bestimmt gefragt: warum wirst du dann nicht Deutscher? Die alte Leier wieder. Und diese Frage reizte ihn, weil er keine besondere Erklärung dafür hatte; so überbrückte er immer wieder die peinlichen Situationen durch Ablenkungssprüche, die das Gegenüber erheiterten und die gerade entstehenden Spannungen entschärften.

Ob er an diesem Abend die Kraft für solche Sprüche gehabt hätte, wenn es darauf angekommen wäre, war ihm sehr fraglich, obwohl er sich nach dem Empfang des Schreibens den ganzen Nachmittag am Player ausgetobt hatte. Dann hatte Dagmar gerufen: Komm, laß uns zum Rummelplatz latschen, und er hatte dazu genickt: Na gut, etwas Zerstreuung kannst du gut gebrauchen und wirst nicht dazu kommen, zu grübeln, was im Moment das A und O der Sache ist.

Er merkte langsam, daß er sich etwas vorgemacht hatte so wie bei vielem bisher. Er spürte auch langsam, so ganz vage nur, daß einige seiner Schwierigkeiten doch aus seiner Herkunft herrührten, was er sich früher nicht eingestehen konnte; er tat sich nun etwas schwer damit. Die Fakten sprachen für sich: Seine Eltern wurden verjagt, nachdem sie fast zwanzig Jahre lang gedient hatten, und nun war auch er an der Reihe. Das konnte er sich kaum selbst eingestehen, wie konnte er es anderen zugestehen? Er konnte es immer noch kaum fassen, daß dies ihm, ja gerade ihm, passieren konnte. Zwar war er ständig damit konfrontiert, Tag für Tag; wenn nicht er selbst darauf kam, wurde es ihm bewußt gemacht, zwar sah er, daß er von all seinen Freunden akzeptiert wurde als einer der ihrigen und doch ein bißchen Außenseiter blieb; dann dachte er, es sei alles nicht so wichtig, nicht so bedeutend: Hauptsache, man versteht sich gut, man hat einen Draht zueinander; und er empfand sich schon wie ein Transistor mit vielen Verzweigungen und Verbindungen; nur in der bestimmten Frage, die zu dem Schlamassel geführt hatte, gab es ein Blindkabel; das war für ihn tabu, und über Tabus sprach niemand in seiner Umgebung. Seit der Abschiebung seiner Eltern versuchte er, den Schlamassel zu durchschauen, und plötzlich entdeckte er viel zu viel. Zwar begriff er es noch nicht zur Gänze, doch sah er bereits eine Reihe von Verdrahtungen und Ausgangspunkten, die ihm den Atem verschlugen. Dies um so mehr, seitdem es um ihn selbst ging. Atemlos tappte er nun in der Gegend herum, wartend auf den Tag X.

Im Nu vernahm er aus den dröhnenden Boxen die nuschelnde Stimme des Kassierers: Et voila! The game is over! Die Piraten aus dem Schiff und die Flugbahn werden gleich wieder frei sein, es geht los, es geht los! Bitte, den Weg zur Kasse freilassen, bitte freilassen, damit jeder in Schwung kommt. Dann ließ er einen pfeffrigen Sound durch die Kisten jauchzen. Die letzten Piratenschiffer verließen taumelnd das

Schiff, erregt und mit glasigem Blick; der Weg von der Kasse zum Schiff wurde frei, und eine neue Menge stürzte zur Kasse, als wäre das Billett umsonst.
Das ist aber kurz, gell? stellte Dagmar fest.
Geld. Geld.
Gehen wir weiter? Sie löste sich aus der Umarmung und wollte weitergehen.
Warte, noch einmal.
Das Piratenschiff beschleunigte nur langsam, aber wuchtig und mächtig schaukelte es hinauf. Auf der Schiffsseite hingen zwei kleine Statuen mit orientalischen Kleidern und orientalischen Zügen, um offenbar dem Ganzen einen exotischen Ausdruck zu verleihen. Die tragende Säule, auf der das Schiff befestigt war und die es auch zum Drehen brachte, war mit vielfarbigen Lämpchen übersät, die ständig an- und ausgingen. Sie zeichneten die Form eines Minaretts mit Miniaturen und all dem Schmuckwerk orientalischer Bauten. An der Spitze ein Halbmond mit einem Pünktchen darunter; darüber stand geschrieben: Tausendundeine Nacht. Das Ganze wirkte sehr kitschig, sehr oberflächlich, war aber nicht ohne Wirkung. Mamo fand die Verbindung der Miniaturen mit dem Piratenschiff sehr bezeichnend. Warum hatten die Schiffsgestalter nicht zwei blonde nordländische Figuren hingepappt? Und anstatt des Minaretts nicht die Freiheitsstatue of the United States? fragte er sich. Früher wäre er nie darauf gekommen, früher hätte er sich nichts dabei gedacht. Ja, früher. Aber heute, heute war alles anders geworden. Heute, sagte er sich, daß alles, was aus Menschenhand stammte, auch immer eine Bedeutung hatte, wirklich alles. Nichts durfte von ungefähr kommen. Daß der Pirat südländisch aussah und ihr Jesus zum Beispiel immer blond, groß und nordländisch und was noch alles dazu, war kein Zufall. Und auch das Minarett aus Flash Lights, welch ein Hohn!

Er brauchte nur an die Bücher zur Ausländerfrage zu denken, aus denen er für die Schule pauken mußte; Bücher, die von Deutschen geschrieben worden waren und die die Gastarbeiter als jammernde Gestalten mit Pappkoffern darstellten, als Menschen, die in ihrem Heimweh und in ihren Tränen erstickten. Mamo wohnte in einem Ausländerviertel, seine Eltern selbst waren die berühmten Vertreter dieses eigenartigen Menschenschlages, aber von Ähnlichkeit keine Spur. Jetzt wurde ihm klar, daß die Figuren in den Geschichten, die er lesen mußte, nichts anderes als Hirngespinste der Autoren waren, so wie diese die Ausländer gerne gesehen hätten. Aber damals hatte er das alles nicht gesehen. Er dachte, das sei alles richtig, und seine Eltern falsch spielen würden. Als aber einmal in der Schule eine Lehreinheit über Ausländerkinder durchgenommen wurde, da mußte er heftig lachen, bis ihm die Tränen in die Augen schossen. Dabei hatte er verlegen gemurmelt, ulkig, diese Gastarbeiterkinder, was? Und während der Unterrichtseinheit waren die Blicke der Klasse auf ihn gerichtet, und der Lehrer erkundigte sich nach seiner Erfahrung. Aber er hatte alle Blicke abgewehrt, die Fragen beantwortet, als handelte es sich um Kinder, die er in seinem Leben nie vorher gesehen hätte. Er konnte sich darin nicht sehen. Er wollte sich nicht darin sehen.

Das grelle Minarett, das wie das Moulin Rouge des Zentrums leuchtete, betrachtete er von neuem, dann die beiden Piratenfiguren am Schiff. Er sagte sich: Wozu die Leute alles fähig sind. Und er mußte wieder zwangsläufig an Volker denken, an diesen fiesen Typ, der ihm bereits etliche Schwierigkeiten bereitet hatte, etliche Affronts. Volker war zu allem fähig, wirklich zu allem. Er hatte es bewiesen und würde es wieder beweisen, wenn die Gelegenheit dazu käme. Warte nur, sprach Mamo zu sich, warte nur. Aber er hatte noch keine klare Vorstellung davon, was hinter diesem 'warte nur' stecken sollte. Was aus diesem 'warte nur' werden würde.

8.

Er hatte Volker von Kindheit an im Viertel herumschwirren sehen; aber er hatte kaum ein Wort mit ihm gewechselt, die ganzen Jahre nicht; sie hatten von vornherein nichts füreinander übrig, im Gegensatz zu Dieter, Horst, zu Pasquale, zu Rahma, Franz und den vielen anderen. Nicht, daß sie sich nicht leiden konnten; sie hatten einfach keinen Draht zueinander gefunden, wie das auch sonst vorkam. So hatte Mamo auch zu Ahmet und zu Benno keinen Anschluß, obwohl sie nebenan wohnten. Mamo erinnerte sich, daß sie sogar einmal gegeneinander Fußball gespielt hatten. Bei dem Spiel schoß Mamo das erste Tor, und seine Mannschaft gewann mit zwei Toren Vorsprung. Die beiden hatten sich während des ganzen Spiels nicht einmal unterhalten, keine Blicke getauscht. Mamo konnte sich an keine Besonderheit erinnern, an keinen besonders harten Blick. Das spielte sich alles später ab.

In der Berufsschule. Sie kamen in keinem Kurs zusammen, wohl aber in den Mammutveranstaltungen. Dort kreuzte Volker oft mit zwei, drei Gleichgesinnten auf und vergnügte sich damit, Streiche zu spielen, die Mädchen an der Nase herumzuführen. Mamo selbst ließen sie noch in Ruhe.

Dann legten Volker und seine Kumpane mit ihren bedeutungsvollen Anspielungen los. Einmal kam Volker mit einer Bulldogge, die seinem Vater zu gehören schien, in die Schule, flachste mit seinen Kumpanen eine zeitlang am Eingang herum, dann kamen sie direkt auf Mamo zu. Volker zog aus einer Plastiktüte eine Blutwurst heraus und schwenkte sie provozierend vor Mamos Nase. Weißt du, was das ist? Weißt du das? Volkers Augen waren lauernd auf ihn gerichtet, als wollte er sagen, jetzt wische ich dir eine runter, und seine Stimme wirkte verbissen.

Mamo besann sich jetzt, daß er damals Volkers Stimme zum ersten Mal hörte und dabei gleich das Gefühl hatte, die

Frage sei eine Falle. So begnügte er sich mit einem 'Na, was schon?'

Du bist was gefragt worden, giftete Volker ihn verärgert an. Gib doch Antwort!

Ich weiß nicht.

Wenn du es nicht weißt, dann kläre ich dich auf, rief einer der anderen, der die ganze Zeit versucht hatte, sein Kichern zu unterdrücken. Und noch bevor jemand sein Maul aufreißen konnte, lachte er: Das ist ein Türkenpimmel!

Der ist ja kein Türke, brüllte ein anderer.

Das ist doch egal! brummte Volker ziemlich verärgert, weil sein Kumpan ihm die Tour vermasselt hatte. Türken, Ausländer, das ist doch alles dieselbe Scheiße. Und er warf die Blutwurst der Bulldogge zu, die sie im Flug aufschnappte und schnell hinunterwürgte. Sein schon vorbereiteter Satz: Das wird aus allen Ausländerpimmeln! rief allgemeines Gelächter hervor.

Nach diesem Hammer gingen weitere Schläge auf Mamo nieder. Wochen später stand Mamo nach dem Lehrgang mit Dieter unter dem Schutzdach vor der Werkstatt und unterhielt sich mit ihm; es nieselte, ein nasser Novembertag zeigte sein mieses Gesicht. Plötzlich trat Volker mit zwei anderen Jungen aus dem Tor; er stieß Mamo mit dem Ellbogen an.

He, Platz da, du Kameltreiber, brauste er auf. Überall stehen sie im Weg.

Mamo war zuerst verblüfft, dachte dann, daß Volker beim letzten Vorfall vielleicht nicht ganz befriedigt gewesen war, da Mamo ihm nicht auf den Leim gegangen war, und nun noch mehr Wut auf ihn hatte. Darauf erwiderte er spontan: Arschloch, du blöder Hammel! Dieter hatte unbeholfen weggeguckt.

Volker und sein begleitendes Duo hatten prompt kehrt gemacht und sich vor Mamo postiert; mit knallrotem Gesicht drohte Volker, es würde ihm was passieren, falls Mamo das nicht zurücknähme, was er gesagt hatte. Stattdessen schleuderte ihm Mamo 'Halt's Maul' entgegen. Er sagte sich: Auch zu fünft könntet ihr mich nicht einschüchtern.

Das fehlte noch, zischte der Junge neben Volker, daß nun diese Typen kommen, uns den Weg versperren und auch noch vorschreiben, wann wir das Maul aufzumachen haben.

Rede nicht so gestochen, hatte Mamo sofort entgegnet und sich von ihnen abgewandt. Er versuchte, das unterbrochene Gespräch mit Dieter fortzuführen. Ihm wurde die ganze Angelegenheit zu blöd; mit sowas wollte er sich nicht abgeben, weil er dachte, wohin es führen solle, wenn er wirklich alles so wörtlich nehmen würde. Er hatte Widerrede gegeben und ihnen gezeigt, daß er nicht einer von denen ist, die alles schlucken, und das genügte ihm.

Du hast uns beleidigt, plusterte sich Volker auf und stieß ihn gegen den Unterleib, du mußt uns jetzt um Entschuldigung bitten.

Da Mamo nicht darauf reagierte, holte Volker eine Handfeuerwaffe, die er offenbar unter dem Hosengürtel versteckt hatte, heraus und drohte mit schriller, hysterischer Stimme: Du entschuldigst dich sofort, sonst knalle ich dich ab, so wie er es offenbar aus alten Westernfilmen gelernt hatte.

Mamo starrte Volker fassungslos an; aus Volkers herausquellenden Augen und zornigem Gesichtsausdruck konnte er lesen, daß der Kerl es ernst meinte. Auch Volkers Gefolgschaft schien sichtlich verwirrt. Dieter, der auch zuerst mit überraschtem Gesicht dagestanden hatte, drängte sich vor und versuchte, Volker am Arm zu greifen. Laß ihn gehen, der hat dir doch nichts getan.

Volker war rechtzeitig etwas zurückgetreten. Halte du dich daraus, mahnte er.

Mamo bestätigte: Ja, Dieter, bleib aus dem Spiel. Jedoch freute er sich innerlich, daß Dieter so offen für ihn eingetreten war, daß er ihn also im entscheidenden Augenblick nicht im Stich gelassen hatte. Doch das hatte er auch von ihm erwartet, oder nicht? Ansonsten, was wäre er denn für ein

Freund gewesen, wenn er bei jeder Komplikation kneifen würde? Zuweilen stellte sich Mamo jedoch die Frage, inwieweit Freunde wirklich Freunde waren. Es war kein Mißtrauen, eher eine Frage des Sich-verlassen-könnens. Als Junge hatte er mit zwei Freunden einige Schiffbrüche erlitten: Er hatte ihnen etwas anvertraut und wurde dann verpfiffen, darum war er etwas vorsichtiger geworden. Jetzt freute er sich jedesmal wie ein Kind, wenn er feststellte, daß seine Freunde zu ihm hielten.

Volker hatte sich wieder zu Mamo gewandt und keifte los: Also, los, sonst knallt's wirklich! Oder soll ich bis drei zählen?

Aus Mamos Mund kam leise: 'Schuldigung'. Das hatte ihn große Überwindungskraft gekostet, er sah keine andere Wahl, spürte, daß Volker zu allem fähig war, daß er ihn auch abgeknallt hätte.

Lauter, ich höre nix, schäumte Volker. Und er schwang die Hand wie ein Orchesterdirigent hoch. Lauter.

Der eine Begleiter mischte sich ein. Laß doch, das reicht schon. Offenbar hatte er alles nur als ein Spiel gesehen, das ihm nun zu weit ging.

Fall mir ja nicht auch noch in den Rücken, erwiderte Volker säuerlich, steckte aber sein Schießgerät unter den Gürtel und drohte Mamo. Diesmal lasse ich dich gehen, aber tritt mir nie wieder in den Weg, sonst zertrete ich dich wie eine Ameise. Leute wie du haben hier in unserem Land nichts zu suchen.

Unsere Zeit wird kommen, spuckte er noch heraus, bevor sie sich auf den Weg machten. Mamo schwieg; von Volkers warmen Sprüchen fühlte er sich nicht berührt, so dachte er. Doch nagten sie in Wirklichkeit an seinem Selbstbewußtsein. Sie vergegenwärtigten ihm, daß es Leute gab, die ihn als nicht dazugehörig betrachteten. Und auch wenn er sich unablässig eingeredet hatte, ihn beträfe das Ganze nicht, er sei hier geboren und auch ein Teil der Bundesrepublik

Deutschland und denke nicht daran, dieses Land zu verlassen, weil er sich seine Zukunft, so unsicher und mit wievielen Schwierigkeiten sie auch behaftet war, nicht woanders vorstellen konnte, so nagten solche Erlebnisse an seinem Selbstbewußtsein. Es kamen Nächte, in denen er träumte, er befinde sich vor einem Spiegel und studiere sein Gesicht, um Gewißheit zu bekommen.

In der Regel gestand er sich kaum seine Zweifel ein; er sagte sich: Es ist doch unwesentlich, von woher meine Eltern eingetrudelt sind, und was ich bin; meine Identität wächst dort, wo ich lebe und die bringt mir sowieso keinen Job. Er sagte sich auch, daß Unwesentliches nicht so vieler Worte bedürfe, nicht so vieler Grübelei. Er wollte nicht mehr darüber nachdenken und nicht mit seinen Freunden darüber reden. Er sagte sich auch: Das Problem liegt nicht bei mir, wenn Volker und Co. mich um jeden Preis anders haben wollen. Aber sie zwangen ihn doch, darüber nachzudenken, und die vergrabenen Zweifel brachen immer wieder wie Keimlinge hervor. Das begann er in der ganzen Tragweite zu begreifen.

9.

Sie gerieten in den Strudel des Besucherstromes und wurden hin- und hergeschubst. Damit sie nicht auseinandergetrieben wurden, hielten sie sich fest an der Hand. Ein Junge mit einer Tüte Pop-Corn zwängte sich durch die Menge und schob sich zwischen Dagmar und Mamo. Dabei verlor er seine Baseball-Mütze; unter dem Brüllen und den empörten Bemerkungen der Vorbeigehenden, stürzte er ihr nach und flüchtete sich aus dem Gerangel. Vor der Tombolabude stauten sich die Leute zu einem riesigen Knoten. Aus den Lautsprechern ertönte die klare Stimme des Marktschreiers: Das ist die Tombola der Superlative. Dann nahm er einen Zettel in die Hand und brüllte durch das Mikrophon: Eine Wildsau, eine Wildsau, eine große Wildsau kriegt die Dame, und er ahmte das Grunzen einer Sau nach. Den größten Fang, den Sie je gemacht haben, diese Wildsau. Der Wildsaufänger, die Dame. Sie können gut fangen, wirklich gut. Dagmar amüsierte sich. Und was hab ich mit dir gefangen? fragte sie Mamo. Er überlegte einen Augenblick. Einen Steinbock. Oh, rief Dagmar aus. Das paßt, durch und durch bist du einer, stur und bockig.

Der Junge mit der Pop-Corn-Tüte saß auf den Stufen des Autoscooters, seine Mütze hatte einen dreckigen Fußabdruck abbekommen. Er schmiß die einzelnen Körner hoch und schnappte sie mit dem Mund auf. Nach den bullernden Rhythmen aus den Boxen des Autoscooters schlenkerten mehrere Jugendliche Schultern und Unterleib so, als ob von den Boxen magnetisierende Kräfte ausgingen. Auch Mamo ließ sich mitreißen: Während Dagmar noch ein paar Meter weiterlief, um dann dort zu warten, hielt er inne. Es ratterte gerade einer seiner Lieblingssongs, bei dem er zu Hause oder in der Disco mitzuschwingen begann, um sich in Rhythmus aufzulösen. Dabei ließ er sich jedes Mal so mitreißen, daß er das Herz bis zur Kehle schlagen spürte. Diesmal machte er nur für einige Takte mit und schlurfte dann zu Dagmar, die Arme noch im Takt der Musik bewegend.

Oh, Mamo, rief sie ihm entgegen, du hättest zu den Ausgeflippten, zu den Schüttlern gehen sollen!

Nun, schmunzelte er und schlackerte mit den Knien; er fühlte sich geschmeichelt. Er umarmte sie, hob sie einen Fuß hoch und schwang weiter zu den Musiktakten. Er war im Augenblick glücklich und wünschte sich, es gäbe das Behördenschreiben nicht. Dann könnte er immer mit Dagmar zusammenbleiben, an Plätzen wie diesem.

Weiter vorne tanzten drei Farbige nach den dröhnenden Klängen aus der gegenüberliegenden Bude, sie tanzten in Reih und Glied wie Soldaten oder wie Showtänzer im Fernseher. Sie trugen Sporthosen, Tennisschuhe und T-Shirts mit den Zahlen eins, zwei, drei auf der Brust. Sie sahen sich ähnlich, wie Drillinge, die gleiche Größe, gleiche Körperfigur, gleiche Gesichter; sie unterschieden sich nur durch die unterschiedlichen Zahlen auf den Trikots. Sehr gekonnt bewegten sie sich in meisterhafter Rhythmik und ohne überflüssige Bewegungen zu den Klängen.

Von wegen zu den Schüttlern gehen, meinte Mamo neidvoll zu Dagmar. Im Vergleich bin ich ein plumper Beinschleuderer, ein schlechter Nachahmer.

Quatsch, tröstete sie. Aber aus ihrem Ton hörte er heraus, daß sie ihm im Grunde recht gab.

Beim Bestaunen des Trios fiel ihm Evan ein; ob der auch so tanzen konnte? Eigentlich doch: Es tauchte in seinem Gedächtnis die Erinnerung auf, daß Even in der Spielhölle, wenn Musikfetzen aus dem Disco-Repertoir zu ihnen am Shoot Player rüberschwappten, sofort leicht die Schultern zu schwingen begann. Nicht aber, wenn sie in der Ziegelei übten. In der Ziegelei war die Übung auch eine sehr ernste Sache. Mit der Knarre scherzt man nicht, hatte Evan zu ihm gesagt, und Mamo begriff die Übungen auch so. Jedoch kam es immer wieder vor, daß sie zwischendurch auch klönten, Vergleiche zu den Shoot players zogen. Mamo dachte jetzt, daß Evan ein guter Swinger sein mußte; schade, daß er ihn nicht danach gefragt hatte.

Plötzlich eilte ihnen Pasquale lachend und mit ausgebreiteten Armen entgegen. Na, du närrischer Bock, alles okay?

Mamo hob den Daumen zur Bestätigung. Es fiel ihm nicht schwer, Pasquale etwas vorzumachen. Dann rief er: Dagmar, meine Freundin.

Pasquale reagierte nur beiläufig mit einem flüchtigen Blick und einem leichten Kopfnicken, dann wandte er sich schnell wieder zu Mamo. Er schminkte seine Lippen mit einem strahlenden Lächeln. Alles okay?

Dagmar wirkte verärgert über Pasquales Unaufmerksam-

keit; Mamo merkte es und dachte noch jetzt mit unangenehmen Gefühlen daran zurück. Pasquales Haltung wurde in seinem Freundeskreis als Geringschätzung seiner Freundin gegenüber gedeutet. Das juckte Mamo nicht, es wurde ihm nur bewußt, daß Pasquale sich gar nicht geändert hatte.
    Alles okay? wiederholte Pasquale zum dritten Mal und schickte seine unruhigen Blicke auf Wanderung. Ohne auf Antwort zu warten, sagte er: Stark, was? Er wies mit dem Kopf auf die jaulenden Boxen.
    Very much feeling, antwortete Mamo. Gut für's Schwelgen in Gefühlen.
    Aha, die Schule ist hängen geblieben, was?
    Klar, bestätigte Mamo und dachte, daß es sich nicht lohnte, seine Bekanntschaft, ja, beinahe konnte man von Freundschaft reden, mit Evan zu erklären.
    Das ist hier große Scheiße, fuhr Pasquale redselig fort. Aber bei mir in der Bude, da habe ich zwei tolle Dinger, Hifi, zwei ESS PS 5a, drei Wege, die haben einen Sound, die haben power, da gibt's nix mehr, irre. Er sprach nun ganz aufgeregt und schnappte nach Luft, so schnell hatte er geredet.
    Toll. Wirklich toll.
    Dagmar hatte sich zur Seite gewandt und schaute dem tanzenden Trio zu.
    Toll, wiederholte Mamo.
    Mit Anerkennung heischenden Blicken fuhr Pasquale befriedigt fort. Einen Turm habe ich auch inzwischen, Tuner, Plattenknutscher, Kassettenschlucker und Radio. Das ist ein Pioneer XA, ganz toll, das muß du unbedingt lutschen. Wenn du das hörst, reißt es dich vom Hocker, da gibt's nix mehr. Einmalig. Das Super vom Super.
    Toll, sagte Mamo mit lahmer Stimme. Er schaute auf die Gesichter der Vorbeiströmenden. Ein eigenartiges Gefühl, soviele Menschen auf einmal zu sehen. Und so anonym; viele Gesichter strömten vorbei wie an einem Fließband. Er hatte nie am Fließband gearbeitet, das war die Domäne seines

Vaters gewesen, aber er stellte sich vor, daß es ähnlich sein müßte. Beim Fließband, so dachte er, bekommt man keine Beziehung zu den Dingen, die man gerade bearbeitet; und es mußte so sein, denn sein Vater hatte nie über seine Arbeit gesprochen. Bei den Menschen könnte es genau so sein, wenn sie an dir vorbeiströmen, was für eine Beziehung sollst du zu ihnen auch bekommen? Er bemerkte, daß Pasquale seine tolle Anlage weiter beschrieben hatte. Toll, wirklich toll, rief Mamo wieder.

Dagmar stand immer noch abgewandt. Sie wartete nur auf den Schluß des Gespräches.

Toll, wiederholte Mamo zum dritten Mal, aber sag mal was: Seit wann bist du unter die Hifi-Verklopper gegangen?

Pasquale zuckte mit den Schultern. Er war verunsichert, und suchte nach Anhaltspunkten, um sicher zu gehen, daß er von Mamo nicht gefoppt wurde. Wieso? Er lächelte verlegen und wich Mamos Blick aus.

Du kannst so toll anpreisen, daß man Lust kriegen kann, auch noch in dem Laden zu kaufen.

Ach so. Sein verlegenes Lächeln verwandelte sich in ein säuerliches. Ach so, das meinst du. Dann holte er tief Luft und fuhr einfach fort mit seinen Ausführungen. Ich maloche jetzt. Hab Geld. Genug Geld, jetzt. Und du? polte er schnell um. Was ist mit dir?

Mamo durchschaute Pasquales Umpolungstaktik. Er wandte sie selbst immer an, wenn es um unbequeme Fragen ging. Er spürte auch, daß Pasquale zwar einen Job hatte, aber offensichtlich eine Scheißarbeit, so eine Gelegenheitssache, wie er selbst einer auf dem Gemüse- und Obstmarkt seit vier Wochen nachging. Anstatt zu antworten, tönte Mamo: Was machst du denn?

Och, toll, rief er aus, aber mit zerstreutem Blick; er hüpfte leicht. Ganz toll, so eine Karre schieben, Material von einer Abteilung zur anderen bringen. Das ist dort, wo auch mein Vater malocht, und ich tue mir dabei nicht weh, ehrlich; es gibt auch gutes Geld, ehrlich. Und du? lenkte er schnell wieder ab.

Mamo erzählte von seinem wackligen Job auf dem Markt, den er ohne Papiere bekommen hatte; und während er sprach, dachte er, daß eigentlich jeder eine Strategie hat, um von ungemütlichen Fragen abzulenken. Pasquale hatte die Wendungen ins Positive, er selbst Haß auf all die bohrenden Fragen. Er erzählte nicht, daß er in den vier Wochen bereits zwei Polizeirazzien nach Illegalen und nach Papierlosen in der Frühe des Morgens ausweichen mußte. Er hatte sich jedesmal nur knapp davonmachen können. Wobei er mit einem in der Kehle schlagenden Herzen stöhnte: Wie ein Dieb. Wenn das mein Leben sein soll! Und niemals hätte er vor Pasquale gestanden, daß die Ausländerbehörde in den Krieg gegen ihn gezogen war. Womöglich hätte der Kerl sich auch noch überlegen gefühlt: Mir erklären sie nicht den Krieg.

Kaum hatte Mamo angefangen, von sich zu sprechen, schon legte Pasquale wieder los über seine vermeintlichen Erfolge und über seine nahen Absichten. Das Auto, das er bald kaufen wolle, und ein Mädchen, so ein hübsches Ding, eine heiße Mieze aus Italien - und Pasquale zwinkerte ihm zu -, damit würde er besser fahren, da gäbe es weniger Probleme und so; die deutschen Mädchen wären ihm zu blöd, zu launisch; bald würde die Verlobung mit allem drum und dran kommen, im nächsten Jahr die Heirat.

Mamo war sprachlos: Er brachte es nicht fertig, nur noch eine Silbe über die Lippen zu bringen. Mannomann, sagte er sich, macht der sich was vor; er läßt einen ja noch nicht mal ausreden, weil dann womöglich die eigenen Mißerfolge wie Gespenster aufstehen, statt dessen malt er die ganze Scheiße rosa aus, und alles ist super.

Es wurde Mamo widerlich, Pasquales Geschwätz anzuhören; und er staunte über sich selbst: Waren sie damals wirklich auf dick und dünn Freunde gewesen? Pasquale schien sich gar nicht geändert zu haben; hatte er sich selbst so verändert? Ihm wurde mulmig im Magen. Oder hatte er damals gar nichts gesehen, war er blind gewesen? Er fand keine Antwort; in dieser Richtung schien sein Gedächtnis eine Sperre zu haben, und er fand den Schlüssel dazu nicht. Er dachte, daß Pasquales Weg der einfachste war. Dieser Weg war zwar mit vielen Trugschlüssen und Vortäuschungen behaftet, aber mit weniger Holprigkeiten. Oder auch nicht? Er wußte nur eins: Pasquales Weg wäre nichts für ihn. Früher vielleicht schon, aber jetzt nicht mehr.

Dann brachte es Mamo doch über die Lippen: Weißt du was? Du hättest zu den Falschgeldverkloppern gehen sollen.

Wieder glotzte ihn Pasquale verdutzt, verunsichert an und ließ seinen Blick umherwandern. Andere Gesichter schoben sich vorbei. Ich muß weiter, sagte Pasquale. Ich besuch dich mal, bestimmt. Dann hole ich auch die Platte von Area, obwohl ich sie gar nicht mehr höre. Aber du kannst sie auch behalten, okay?

Mamo nickte.

Aber ich komme trotzdem mal vorbei, okay?

Okay, hatte Mamo erwidert und ihm aufatmend auf die Schulter geklopft. Er wußte, daß diese Versprechungen oft leeres Gerede waren.

Endlich fertig, rief Dagmar aufatmend.

Was ein Glück.

Das kann man wohl sagen.

10.

Mamo hätte dem Vorfall mit Volker wahrscheinlich keine so große Bedeutung beigemessen, wenn es dabei geblieben und Volker nicht nach der Lehre bei den Polizisten untergetaucht wäre. Später bekam er dann mit, daß Volker sich überall vordrängte, wenn es um Einsätze gegen Ausländer ging. Es hieß, daß sich bei der Polizei eine Gruppe von „Gastarbeiter"-Fanatikern herausgeschält hätte, die am liebsten nur bei den Einsätzen gegen Ausländer dabei sein wollten; unter ihnen schien Volker sich besonders hervorzutun. Aber kaum einer wußte, daß er sich erst nach langem Zögern dafür entschieden hatte und ein langwieriges Herumgucken und -suchen nach einem auf ihn zugeschnittenen Betätigungsfeld vorausgegangen war. Das, was auf ihn größere Anziehungskraft ausübte, bot ihm kaum praxisbezogene Spezialisierungschancen: In seinem Provinzstädtchen war bei den traditionellen Alternativen wenig los, da diese in ihrer Innerlichkeit und in den Beziehungskisten saunierten; die Friedenstaubenanhänger ließen sich an vier Händen abzählen und trieben es nur toll, wenn sie auswärts spielten, und die Hausbesetzerszene fehlte völlig. Deshalb hatte sich Volker sogar überlegt, ob er sich nach Frankfurt, Berlin oder Köln versetzen lassen sollte, dann fand er aber nicht die Kraft, seine geliebte Heimatstadt zu verlassen, wo er letztendlich jeden Winkel kannte und die ihm Sicherheit und Geborgenheit bot. So begann er langsam an die Ausländer zu denken; er entstammte einem Viertel, in dem viele Gastarbeiter lebten; er war unter ihnen aufgewachsen, er erkannte sie von weitem, schon an ihrer Pose, er wußte, was sich hinter ihrem Wortschwall oder hinter ihren knappen Sätzen verbarg; das alles waren schon bei den ersten Einsätzen Pluspunkte für ihn.

Was ihn zusätzlich dazu trieb, sich ordnungshüterisch der Gastarbeiterfrage zu widmen neben dem aufsteigenden Gefühl, die Ausländer nicht riechen zu können, war der Eifer, als besonders guter Polizist aufzufallen: Gerüchte waren unter Kollegen im Umlauf, daß der Dienststellenleiter genau Buch über die Einsätze und die erbeuteten Fische führte. Diese Strichliste wurde zur Beurteilung herangezogen, was Gehalt und Beförderungsmaßnahmen entscheidend beeinflussen konnte. Volker wollte ein guter Polizist sein, er wollte beim Tätigkeitsnachweis voll mit seinen Unterschriften dastehen. Er pflegte zu sagen: Immerhin verdienten der Dolmetscher, der Übersetzer, die Sozialarbeiter, Rechtsanwälte, und was wußte er noch wer, an den Ausländern, ohne sich die Finger dreckig zu machen; warum sollte er nicht das gleiche tun als Beschützer der zivilen Ordnung? Wo nachgewiesenermaßen die Ausländer am kriminellsten waren? Wo sie jetzt nur zu Lasten der Deutschen darauf beharrten, in Deutschland zu bleiben! Wo also eine härtere und entschlossenere Hand notwendig wurde? Eine ganze Reihe Zünfte hatten sich auf Ausländer spezialisiert, ohne diese Kundensorte besonders zu schätzen oder gar zu lieben, und verdienten dadurch ihre Brötchen zu Lasten der öffentlichen Ordnung und der Interessen des Landes, warum sollte er sich nicht auch qualifizieren, wo er doch auf der richtigen Seite stand? Im örtlichen Polizeipräsidium rühmten sich nur zwei Polizisten, nähere Kenntnisse über die Gastarbeiter zu haben, aber alle beide gehörten nicht nur der alten Garde an, sondern organisierten und führten ihre Einsätze ohne System durch, lustlos, als ob ihnen die Arbeit nicht am Herzen läge.

Sein Profilierungseifer fiel sofort auch seinem Vorgesetzten auf, der ihn einmal hinter verschlossener Tür noch mehr dazu motivierte: Sie wollen doch befördert werden, nicht wahr? In Kürze steht doch ihre Beurteilung an ... Für Volker waren das deutliche Ermunterungen zu noch größerem Einsatz gegen die Ausländer. Zusammen mit einem Kollegen nahm er sich häufig die Kneipen vor, in denen sie verkehrten, die Discos, und kontrollierte von jedem ausländisch aussehenden Mann die Fahrzeugpapiere, die Mofas. Er wurde innerhalb kurzer Zeit berüchtigt und gefürchtet. Übereifer packte ihn: Er arbeitete Tag für Tag selbst in seiner Freizeit nach der Vorlage von zusammengewürfelten und merkwürdigen Schachmethoden an einem ausgeklügelten Einsatzsystem, das er dann dem Dienststellenleiter vorlegen wollte. Er schielte tatsächlich auf eine Beförderung.

Bei seinem ersten Beurteilungsgespräch machte Volker bereits Andeutungen über sein Projekt, worauf sein Vorgesetzter bedeutungsvoll nickte und es anschließend mit den Worten kommentierte: Nicht schlecht, lieber Volker Conradeur, nicht schlecht. Aber merken Sie sich: Durch die Verminderung der Ausländerzahl wollen wir schließlich ein konfliktfreies Zusammenleben zwischen Deutschen und Ausländern erreichen. Daher ist Behutsamkeit und Unauffälligkeit noch das Gebot der Stunde; nur wenn sie nicht mitziehen, müssen wir härter und offener anpacken. Doch arbeiten Sie ruhig an Ihrem Vorhaben weiter, vielleicht bringt es etwas; und wenn Sie dann soweit sind, unterbreiten Sie es mir; wenn es gut ist, ist Ihnen die Beförderung so sicher wie das Amen in der Kirche.

Volker fühlte sich natürlich auf dem richtigen Dampfer und rechnete sich zusammen: Beförderung plus Mehrgeld plus Spezialisierung plus Spaß, eine tolle Summe. In fünf Jahren wäre er der einzige im ganzen Präsidium, der die Ausländerbehandlung in- und auswendig kennt. Und egal, was er auch im Leben getan hätte, die Hände hätte er sich immer dreckig machen müssen, ob als Automechaniker beim Auseinanderbauen von Motoren oder als Verkehrswachtmeister beim Knöllchenverteilen. Und sobald ihm einige Zweifel kamen, redete er sich schließlich ein: Auch wenn ich mir jeden Tag die Hände dreckig mache, abends wasche ich sie mir doch gründlich.

Die Hauptsache war, daß er bei der Sache das Vergnügen mit dem Nützlichen verbinden konnte und daß die Einsätze immer von oben abgesegnet wurden. Bis er selbst auch oben wäre, dann würde er selber sie absegnen.

Eines Abends passierte in einer kleinen Vorstadt-Disco folgendes: Die AC/DC dröhnten aus den mittelmäßigen Lautsprechern; nach den aufpeitschenden Rhythmen tummelten sich die Taumler, manche mit knallgelben oder knallroten Jacken und pastellblauen Hosen, auf der Fläche und drumherum; sehr viele Halbwüchsige liefen herum, so daß Mamo und Dagmar verhältnismäßig alt wirkten. Sie begnügten sich mit dem Zusehen, obwohl Mamo gerne mitgemacht hätte. Er schwang nur die Beine unter dem Tisch im Takt.

Ähnlich wie an anderen Tischen war auch bei Mamo und Dagmar die Kommunikation auf Null gesunken, als plötzlich Volker mit einem kleinen und rundlichen Begleiter hereinplatzte und sich prüfend umguckte.

Er spielt sich jetzt riesig auf, dachte Mamo und drehte sich zur Seite, um nicht gesehen zu werden. Er hatte Angst, jetzt: hier war er mit Dagmar zusammen, und auf Volkers Seite war die Macht: der konnte anders als bei den letzten Vorfällen als Hüter der Ordnung auftreten. Er wollte keine Scherereien, keinen weiteren Ärger.

Er verstand sich so gut mit Dagmar, und die Schwierigkeiten seiner Eltern waren zur Zeit genug; ihnen war gerade die Ausweisungsverfügung ins Haus kanoniert worden, weil bei der Verlängerung der Aufenthaltserlaubnis seines Vaters die Ausländerbehörde herausgefunden hatte, daß seine Familie in einer zu kleinen Wohnung hauste, die der im Ausländergesetz vorgeschriebenen Quadratmeterzahl nicht entsprach. Sein Vater hatte sich daraufhin an den Sozialarbeiter gewandt, der aber auch nichts anderes tun zu können schien, als die Größe der „Kanonenkugel" festzustellen. Für eine andere Wohnung bestand keine Aussicht. Die Atmosphäre zu Hause war daher angespannt. Dann, vielleicht um die Schmach zu reduzieren, um das Gesicht zu wahren, hieß es dann im Mund seines Vaters, daß sie sowieso früher oder später vorgehabt hätten, zurückzukehren, also sollten sie jetzt die Gelegenheit wahrnehmen, sich diesen Traum zu erfüllen. Dieser lebenserfüllende Traum der Gastarbeiter aus der Pappkofferära, zu denen sein Vater gehörte.

Aber Mamo hatte bei all seinen Reden der vergangenen Jahre genau zugehört: Sein Vater hatte immer dann von

Rückkehr gesprochen, wenn in der Bundesrepublik die Lage schwieriger wurde, wenn er sich in frommen Wünschen erging oder im Heimweh zusammenschmolz. Eigentlich hatte sich sein Vater darauf eingerichtet, in der Bundesrepublik zu bleiben. Den Kindern zuliebe, wie er zuweilen argumentierte. So als ob es in seiner Hand gelegen hätte, selbst für seine Familie zu entscheiden. Unter dem Eindruck dieser neuen Ereignisse stellte sich für Mamo die Frage neu: So wenig sein Vater aus freien Stücken von der Bundesrepublik Abschied nahm, so wenig konnte er auch aus freien Stücken in das Land gekommen sein. Mamo begann allmählich durchzublicken, daß sein Vater, bewußt oder nicht, mit gezinkten Karten spielte: Er tat, als sei die Entscheidung der anderen über sich und seine Familie seine eigene Entscheidung. Wer weiß, überlegte Mamo weiter, vielleicht tut er das, um das Gesicht als Familienoberhaupt zu wahren.

Erst jetzt dachte Mamo an das alles, obwohl er sich nie mit diesen Fragen hatte beschäftigen wollen; und wenn schon, was hätte er ausrichten können. Auch als die Abschiebungsmaschine seiner Familie entgegenrollte, fühlte sich Mamo außerstande, etwas zu unternehmen. Er war zwar der Älteste in der Familie, hatte aber keine Vorstellung, wie er helfen konnte. Wer war schon stärker als die Behörden? Er bestimmt nicht, sagte er sich. Und die Sache an die große Glocke zu hängen, damit hausieren zu gehen in der Hoffnung, die Behörden könnten umschwenken, darin sah er auch keine Chance. Das schafften nur die besser gestellten Ausländer, eventuell. Die, die Beziehungen pflegten, Leute kannten, die einen Draht zu den Entscheidungsstellen hatten. Und vielleicht half auch das nicht. Denn: Wenn die deutschen Behörden ein bestimmtes Ziel hatten, brachte nichts und niemand sie mehr davon ab. So schätzte Mamo sie jedenfalls ein.

Im Gegensatz zu seiner Familie hatte er als volljähriger Sohn noch eine Atempause, weil er über eine eigene Aufenthaltserlaubnis verfügte, die erst zwei Monate später ablief. Und er sagte sich: Ich will bleiben, ich bleibe hier, denn hier ist mein Platz, und sie werden sie mir auch verlängern. Meine Quadratmeterzahlen sind unangreifbar, und ich bin nicht mehr umzuschmeißen.

Die befürchtete Aufforderung verdrängte seine Gedanken: „Papiere, Personalüberprüfung." Wie zwei Statuen standen die beiden Ordnungshüter am Tisch; sie lächelten hämisch, rüpelhaft. Auf ihren Gesichtern war zu lesen: Jetzt haben wir dich endlich in der Mangel. Er fühlte sich innerlich auf einmal heiß, kochend heiß. Er überreichte ihnen seinen Paß und mahnte sich gleichzeitig zur Ruhe; auch Dagmars Augen schienen ihn zu warnen, die Sache nicht ernst zu nehmen, aber er wußte, daß Dagmar Volker nicht kannte, sie konnte nicht ahnen, was für ein Typ Volker war.

Volker überprüfte Mamos Paß, den Stempel der Aufenthaltserlaubnis. Ah, nur noch zwei Monate; dann ist der Sound bald passé, johlte er, dann wurde er bierernst: Er diktierte dem Kollegen die Daten, und dieser sagte sie mit seinem Handsprechgerät durch. Er hielt es einige Sekunden ans Ohr und sagte: Wir müssen Sie leider ins Polizeirevier mitnehmen. Mit Ihrem Paß gibt es offenbar eine Unregelmäßigkeit.

Mamo wollte protestieren, ihnen ins Gesicht schreien, daß dies eine Lüge war, um ihn zu schikanieren, daß seine Papiere ganz in Ordnung waren, aber er resignierte; er erkannte es: Widerstand hätte die Sache zusätzlich verkompliziert. Der dicke, runde Ordnungshüter hatte sich bereits in den Weg gestellt, um so überraschter war Volker, daß Mamo sich überhaupt nicht rührte. Da ging er auf Dagmar zu und rief: Nun nehmen wir uns die Nuttengattung vor. Und während er ihren Ausweis überprüfte, kommentierte er noch: Um mit den Typen auszugehen, braucht man in der Regel einen Gewerbeschein, so eine Zombiekennkarte, wobei er aus den Augenwinkeln Mamos Reaktion verfolgte. Dagmar stellte sich taub, um Mamo nicht zu gefährden. Um so verärgerter wurden die beiden Wächter der Ordnung.

Volker stichelte noch, und als daraufhin keine Reaktion erfolgte, sagte er: Ab, auf die Wache, dort werden wir schon den Rest herausbekommen. Und er grinste geheimnisvoll. Mamo schien er noch verbissener als das letzte Mal, noch gefährlicher.

Und er dachte: Das sind wirklich solche Typen; wenn er könnte, würde er mir jetzt ohne zu zögern ein Messer zwischen die Rippen jagen.

Natürlich erwies sich sein Paß als makellos; Volker konnte ihm nichts anhaben, vorerst nicht, aber er grinste trotzdem: Er hatte ihnen den Abend ganz schön vermasselt und konnte drohen, irgendwann doch noch Mamo zum Abschiebungsflug abzuführen.

11.

Die Schießbude zog ihn an wie ein Magnet, nicht weil man dort nur ballern konnte - bisher war er schon an etlichen vorbeigelaufen, ohne ihnen besondere Aufmerksamkeit zu schenken -, sondern weil auf Karten mit drei roten Herzen geschossen wurde. Drei rote und dickgezeichnete Herzen. Übereinander, das oberste war am größten und das mittlere am kleinsten. Darunter stand geschrieben: „Je Herz 1 Schuß".

Toll, rief Mamo aus, Klasse! Er schaute auf die Preistafel: Drei Schüsse, drei Mark. Gedankenvoll zählte er sein Geld in der Tasche. Mager: Nur noch 30 Mark zum Verpowern. Die würden bis zum Monatsende nicht mehr langen. Aber was soll's, sagte er sich, ich lebe ja nur einmal. Klare Sache. Außerdem: Die paar müden Mark bekam er vom Obst- und Gemüsehändler täglich in die Hand gedrückt. Außerdem sah er hier für sich keine Zukunft mehr. Daran gab's seit dem Brief nichts zu rütteln. Klare Sprache. Und hierzulande folgten in der Regel ebenso klare Taten. Drum.

Soll ich? wandte er sich fragend an Dagmar.

Sie setzte ihrem Gesicht Zeichen des Ekels auf und rief: Scheußlich!

Guck mal, trollte sich Mamo, da gibt's Plüschtiere zu gewinnen. Er wies auf die Regale in der Bude. Magst du sowas nicht?

Doch, und wie, aber das Schießen auf Herzen ist widerlich, brutal und geschmacklos.

Einen Augenblick zauderte er. Dann bat er den Mann in der Bude um ein Gewehr. Der Schausteller reichte ihm eins und warnte: Der Schuß darf die rote Einfassung nicht berühren; und alle drei Herzen, gell?

Mamo kontrollierte erst das Gewehr. Altes Schrotteisen. Ein Spielzeug gegenüber seiner Browning. Er überprüfte den Lauf sehr genau, dann Kimme und Richtkorn. Der Lauf war nicht sichtbar verbogen, aber die Kimme war etwas verschoben. Es kam ihm die Erleuchtung: Das dürfte der Trick sein. Aber deswegen wollte er nicht aufgeben, im Gegenteil, er fühlte sich nur noch mehr herausgefordert. Zuerst fragte er nach einem anderen Gewehr, aber als er daraufhin feststellte, daß dieses noch schlechter war, griff er wieder zum ersten. Als ob er vorbauen wollte, falls es danebengehen sollte, erklärte er Dagmar die Mängel.

Sie war erstaunt. Du kennst dich aber aus, kommentierte sie.

Er lächelte nur. Die Pose suchte er sich sorgfältig aus und gab den ersten Schuß ab. Etwa ein Zentimeter neben dem obersten Herzen. Scheiße, fluchte er. Ganz schön krumm der Lauf. Und er knallte die anderen zwei Schüsse auf den Karton, um Bezugspunkte herzustellen. Der dritte Schuß buchtete sich in die rote Einfassung ein, und er lächelte nun zufrieden. Jetzt kann es richtig losgehen!

Er zahlte wieder. Dann zielte er knapp über die linke Spitze der Einfassung und traf genau in die Herzmitte.

Dagmar schrie überrascht, aber auch mit etwas Entsetzen in der Stimme auf. Mamo schien es nicht wahrzunehmen, er war auf einmal wie gebannt. Für die kleineren Herzen rechnete er sich größere Entfernungsspannen aus. Beide Schüsse bohrten sich genau unter die Zipfel der Herzen. Er gluckste zufrieden. Ein Kinderspiel, Kinkerlitzchen. Hier kannst du dir Zeit nehmen. Beim Shoot Player ist es knalliger, da stehst du unter Druck, einen Bruchteil von einer Sekunde gepennt, und schon ist die Tontaube auf und davon. Dies um so schneller, je mehr Punkte du dabei sammelst.

Welche Farbe, knurrte der Schausteller.

Welche Farbe, echote Mamo zu Dagmar gewandt. Er stellte fest, daß sie ganz verblüfft dastand. Sie nahmen einen blauen Plüschbär entgegen.

Schön weich, stellte Dagmar fest. Und groß, ergänzte der Schausteller stolz. Sieht lieb aus, zart, meinte Mamo und wandte sich wieder dem Regal zu, um die anderen zu betrachten.

Ich mache noch eine Runde, sagte Mamo voller Stolz.

Hauptsache, Sie gewinnen nicht wieder, meinte der Mann aus der Bude und lachte dabei, um seine Aussage zu mildern. Allerhand! Schon beim zweiten Lauf, wirklich allerhand.

Schon gut, antwortete Mamo. Und etwas frech fügte er hinzu: Vielleicht müssen Sie schon das zweite Plüschtier vorbereiten. Rot, bitte.

Nur langsam, knurrte der Mann, nur langsam. Erst schießen Sie, dann reden wir noch drüber. Und rot haben wir sowieso nicht.

Dann bitte gelb, konterte Mamo in scherzendem Ton und postierte sich mit dem gerichteten Schießeisen.

Er schoß. Diesmal schneller mit nur kurzen Zwischenpausen. Und zum zweiten Mal buchtete sich das Blei in alle drei Herzen ein, aber diesmal waren die Löcher nicht genau in der Herzmitte; der erste und der dritte Schuß waren zwischen dem Zipfel in der Mitte und dem linken Rand der roten

Einfassung eingeschlagen, der zweite dagegen an der rechten Seite.

Der Budenbesitzer zauberte seine Weisheit hervor: Gute Schützen sind wie Liebende, beide treffen ins Herz; dann schrie er den Vorbeigehenden zu: Schaut her, wieder ein Volltreffer, wieder ein Volltreffer!

Wie gesagt, gelb, erinnerte Mamo triumphierend. Der Mann reichte ihm das wollige Tier und hämmerte auf die Vorbeiströmenden und Neugierigen ein, sie sollten zuschauen, wie leicht es zu gewinnen sei, und es endlich selbst probieren, um so schöne Plüschtiere zu gewinnen wie der junge Mann eben.

Wollen Sie nicht für mich schießen, fragte ein jüngerer Mann, der die ganze Zeit zugeschaut hatte, in scherzhaftem Ton. Nene! Kommt nicht in Frage, schaltete sich der Schausteller ein, der Junge hat ab jetzt Schießverbot bei mir, ansonsten ist mir die Bude in einer halben Stunde leer. Mamo genoß es, solche Sprüche zu hören. Nicht weil er dadurch im Mittelpunkt stand, sondern weil er das Gefühl 'ich kann auch was' in sich hochkommen spürte.

Na, ich habe jetzt auch einen, sagte er zu Dagmar und streichelte seine Eroberung. Stark, was?

Wo hast du das Schießen gelernt? fragte sie.

Mamo lächelte schlau. Das ist ein Geheimnis, sagte er bedeutungsvoll. Und seine Gedanken verwandelten sich in Erinnerungsbilder: Die Übungen mit Evan in der verlassenen Ziegelei außerhalb der Stadt; er erinnerte sich daran, daß seine Schulter anfänglich durch den starken Rückstoß aus den Rippen herausspringen wollte, an seine Freudensprünge nach den ersten Fortschritten; und er dachte auch an die Shoot Players, an die Tontauben.

Tu doch nicht so! Sei nicht so angeberisch! rief Dagmar verärgert. So toll ist die Sache auch nicht.

Plötzlich fühlte er sich niedergeschmettert. Sie hatte recht. Und ob sie recht hatte. Doch fand er das Schießen manchmal schön. Er konnte sich dabei austoben und sich zeigen, was er konnte: Er sah nicht ein, warum er es nur in der Phantasie erleben sollte, Büchsen genau am vorgegebenen Punkt zu treffen. Tontauben, Untertassen oder Astroraketen in die Versenkung zu stürzen. Es tat ihm gut, es wirklich zu tun. Er hatte es satt, das nur in den Fernsehstreifen zu erleben. Er wollte selbst probieren, wie es ist. Und nun, sollte er es ihr sagen? Sollte er ihr sagen, daß er einen Mann namens Evan Walker kennengelernt hatte, durch den er zu einem Gewehr gekommen war, und der ihm auch das Schießen beigebracht hatte? Daß er also zum vorzüglichen True Shooter geworden war? Daß er vorzüglich losballern konnte, hatte sie bereits bemerkt, das brauchte er ihr nicht mehr zu erklären. Sollte er ihr das wirklich alles sagen? Wie sie darauf reagieren würde, konnte er sich ausmalen. Sie war bereits bestürzt, als sie sah, wie gut er mit so einem Spielzeug hantieren konnte, wie aber erst, wenn sie alles erführe. Da hätte sie weitergebohrt: Warum brauchst du das? Warum machst du das? Undsoweiter undsoweiter. Und dann hätte er alles erklären müssen. Das empfand er als lästig. Er tat das eben, basta. Er tut es, basta. Er möchte es tun, basta. Wenn jemand etwas tut, hat er immer einen Grund, okay? Aber er brauchte deswegen keine Rechtfertigung, keine Begründung abzugeben. Außerdem spielten auch Zufälle eine Rolle. Zum Beispiel Evan. Hätte er ihn nicht getroffen, wäre er vielleicht nicht zum Knalleisen gekommen. Vielleicht. Vielleicht wäre er trotzdem darauf gekommen. Auf andere Weise. Gut, ohne Interesse und verborgene Wünsche hätte er die Chance, an ein Gewehr zu kommen, vielleicht gar nicht wahrgenommen, das mochte richtig sein. Aber damit konnte man ja alles erklären. Hätte es ihr denn gereicht, wenn er erklärt hätte: Ab und zu fühle ich mich bedroht, deshalb wollte ich lernen, mit dem Ding umzugehen. Wie jemand Ken-ju-kate oder Judo oder Karate lernt. Oder Jogging. Nur diente Jogging eigentlich zum Wegrennen, zum Fliehen; sollte er das auch erklären? Und was hätte er noch alles erklären sollen? Er wußte es: Ob Dagmar, ob Dieter, sie hätten sich nicht mit einigen Erklärungen und Begründungen begnügt, sondern hätten weitere Fragen gestellt. Ihm war es lieber, ihm würde nachgesagt, er sei verschlossen, als daß sie behaupten könnten, er sei sehr verletzlich, leicht kränkbar. Darauf hatte er wieder erklären oder sie fragen müssen, wer denn überhaupt verletzlich sei. Er müßte sie fragen, wie es bei ihnen aussähe mit dem „Annehmen der anderen, wie sie sind": Und das hätte vielleicht zu Streit geführt. Und er wollte keinen Streit: Mit seinen Freunden nicht. Also redete er sich zu: Man hat so wenige Freunde im Leben; mit ihnen streiten? Niemals!

Willst du es mir also nicht sagen, wo du das her hast? bohrte Dagmar wieder nach.

Vom Shoot Player, sprach er mit flinker Zunge und hoffte, sie würde sich damit zufrieden geben. Und fügte hinzu: Du weißt ja, in den Spielhöllen...

Sie reagierte, als ob sie spürte, er wolle ihr nur etwas vorgaukeln. Naja.

Er umarmte sie. Und wußte, daß sie mit ihrem Gespür im Recht, daß es eine Vergröberung der Sache war. Er wollte sie küssen, aber die Plüschtiere waren im Weg; schallend lachten sie.

Eigentlich reicht eines für uns beide, sagte er.

Aha, erwiderte sie scherzhaft, erst schenkst du mir eines, dann willst du es auch noch mit mir teilen.

Es war nur Spaß, beschwichtigte er sie, ich will nur meines verschenken. Und er hielt unter den Vorbeiströmenden Ausschau nach Kindern. Es waren viele in Begleitung unterwegs, fiel ihm auf.

Später entdeckte er ein Paar, der Mann dunkelhaarig, auf keinen Fall deutscher Herkunft, wie er meinte, und die Frau hell: Neben ihnen trippelte ein - ebenfalls dunkelhaariges - Kind; Mamo ging zu ihnen. Erst bat er die Eltern um Zustimmung, fragte dann das Kind, wie es heiße, bekam aber von

ihm keine Antwort. Der Kleine glotzte ihn ängstlich an.
Darauf ulkte Mamo so lange herum, bis sich der Mund des
Kindes zu einem Lächeln verzog.
Egal wie du heißt, egal wer du bist, stammelte er verlegen.
Er spürte plötzlich ein Unbehagen, weil er sich nur von der
äußeren Erscheinung hatte leiten lassen. Willst du? Der
Kleine lächelte schüchtern, und die Eltern freuten sich. Er
preßte das wollige Tier an das überraschte Kind und sagte:
Wenn du willst, tu mir einen Gefallen. Willst du? Der Kleine
nickte eifrig und umarmte das Plüschtier, das ihn fast über-
ragte. Du sollst ihn Mamo nennen, willst du?
Hast du gehört? fragte die Mutter. Und was sagt man
dazu?
Brauchst dich nicht zu bedanken, sagte Mamo, denk dran:
Mamo.

12.

Er hörte, wie die Rolläden in der Wohnung unter ihm hoch-
gezogen wurden: Rahmas Mutter hatte im Flur ein Wortge-
fecht mit der Frau im zweiten Geschoß angefangen: Diese
Familie war erst vor vier Wochen eingezogen, nachdem die
türkische Familie, die darin gewohnt hatte, durch eine Ver-
kürzung der Aufenthaltserlaubnis abgeschoben worden war.
Mit den üblichen südländischen Formeln wünschten sie sich
guten Tag, und daß die guten Geister jeden ihrer Schritte
begleiten und beschützen mögen. Eine Zeitlang wünschten
sie sich Gutes, aber keine der beiden Frauen schien der
anderen richtig zuzuhören. Das bemerkte Mamo um so
mehr, als sie dazu übergingen, die Ereignisse vom Vortage zu
kommentieren. Ohja, ohja, war die eintönige Reaktion der
einen Frau dazu. Und Rahmas Mutter pflegte zu wiederho-
len: Das war aber schön! Das war aber gut! Was freut mich
das, es bringt mir Glück und Wohlergehen, dies zu hören!

Dabei rief sie das mit einer eintönigen, gleichgültigen Stimme. Weniger auffällig war diese Reaktion, wenn Krankheiten verhandelt wurden; da klangen die Stimmen mitleidiger, mit größerer Anteilnahme.

Seine Mutter war damals eine Meisterin im Erläutern ihrer vermeintlichen und echten Krankheiten gewesen. Ganz minuziös führte sie sie aus, die kleinsten Regungen ihres Körpers schien sie wahrzunehmen; um so mehr konnte sie die Frauen der Etage mit ihren Beschreibungen fesseln. Dabei wirkte sie auf ihn ziemlich kräftig und stark; eigentlich konnte er sich gar nicht vorstellen, daß sie so viele Beschwerden in sich trug. Und er fragte sich, was wohl stimmte: Übertrieb sie ihre Beschwerden vor den Frauen, um bemitleidet zu werden oder nur um etwas zu schwätzen oder um sich vor Anfragen und Bitten zu schützen? Oder umgekehrt: Hatte sie wirklich viele Beschwerden und überspielte sie in der Familie. War sie so stark und unterdrückte ständig die aufkommenden Wehklagen?

Diese Fragen beschäftigten ihn immer noch: Er hatte bisher noch keinen richtigen Zugang zu seiner Mutter gefunden, und das hatte ihn immer bedrückt; denn er hatte sich seit seiner Kindheit einen besseren Kontakt zu ihr gewünscht, aber sie blieb distanziert, unerreichbar. Vielleicht wegen der vielen Geschwister, die er hatte, sagte er sich, um sich keine unbequemen Fragen stellen zu müssen.

Lustlos warf er wieder einen Blick hinaus; wieder einmal konnte er nichts erkennen. Der kleine Hüseyin spielte mit dem ein paar Jahre älteren und hochgewachsenen Benno auf der Wiese Baseball; Hüseyin versuchte, die Bälle mit dem riesigen Handschuh zu schnappen. Benno schlug sie mit dem Schläger. Auf dem Rasen vor dem Nachbarhaus stoben brausend die Kinder herum, und an der Ecke unterhielten sich zwei Frauen mit Plastiktüten in den Händen. Er gähnte.

Hüseyin spielte engagiert, fast verbissen, und er erinnerte sich, daß auch er viele Dinge damals viel zu ernst genommen hatte. Er dachte, weil er von seinem Vater dazu angespornt wurde.

Für seinen Vater war er nie brav genug, nie fleißig genug, nie stark genug. In der Schule zeichnete man Mamo einige Zeit als Klassenbesten aus, und er genoß die Anerkennung der Lehrer. Manche leistungsschwachen Schüler hingen sogar an ihm, um Nachhilfe zu bekommen. Auch in der Sportstunde zeigte man auf ihn als einen unter den Besten; als Torschütze war er gefürchtet und geehrt, und im Weitsprung hatte er einmal eine Anerkennung mit nach Hause gebracht, aber sein Vater winkte ständig ab. Ihm schien nichts gut genug zu sein. Dabei paarte er seine zu hohen Ansprüche mit äußerlicher Gleichgültigkeit über das Geleistete, und Mamo versackte schnell in Enttäuschung, dann seinerseits auch in Gleichgültigkeit dem Vater gegenüber.

Der Vater hatte seine Probleme und Schwierigkeiten nie verstanden, er hatte sich auch nie dafür interessiert; für ihn stand es außer Zweifel, daß seine Kinder überall die besten sein mußten und nie Probleme zu haben hatten. Und selbst wenn sein Vater sie erkannt hätte, wäre er wahrscheinlich nicht dazu gekommen nachzufragen, geschweige denn, helfend einzuwirken: Er hatte immer viel Arbeit; jeden Tag kloppte er Überstunden, arbeitete samstags und manchmal auch sonntags, nicht weil er das unbedingt wollte; er lebte eingehüllt in die Angst, die Arbeit eines Tages zu verlieren, falls er nicht das täte, was von ihm gefordert wurde; so mußte er immer einspringen, wenn andere von der Arbeit fernblieben oder wenn unvorhergesehen sofort zu erledigende Arbeit auftauchte. Zu Hause sprach sein Vater wenig davon; höchstens teilte er seiner Frau mit knappen Worten mit, er müsse morgen arbeiten, weil dieser oder jener fehlte, oder er befahl einfach, sie solle die Tasche für den folgenden Tag vorbereiten.

Überhaupt erzählte Mamos Vater wenig in der Familie.

Mamos Mutter hatte einmal erklärt, als sie nach seiner Schweigsamkeit gefragt wurde, das käme daher, daß er aus der Hirtenfamilie eines kleinen Bergdorfes stamme, die durch den Krieg die ganze Herde verloren hatte und deshalb in die Stadt gezogen war. Und das hatte seine Mutter mit nicht wenig Spott in ihrer Stimme gesagt; sie war immer stolz darauf gewesen, selbst aus der Stadt zu sein. Sie erzählte oft, wie gut sie als Städterin immer gekleidet war und wie sein Vater als zerzauster Hirtensohn aussah, als sie sich kennengelernt hatten. Sie amüsierte sich darüber, während sein Vater schwieg. Mamo empfand die ganze Geschichte nicht als lustig. Zum ersten Mal hatte er eine geheime Sympathie für seinen Vater gespürt. Das war aber auch das einzige Mal, ansonsten schien es ihm, hatten sie wenig gemeinsam.

Nach den ersten Enttäuschungen durch die Gleichgültigkeit seines Vaters über seine Errungenschaften, zahlte er ihm mit gleicher Münze: Es kümmerte ihn überhaupt nicht, was seinen Vater bewegte. Er sah ihn insgesamt nur wenig, und wenn, schien dieser immer abgeschlafft und ausgelaugt zu sein; trotzdem monierte sein Vater ständig: Hast du dies, hast du jenes gemacht, hast du nach diesem, hast du nach jenem geguckt? Dabei wiederholte er eigentlich nur das, was die Mutter Mamo schon tagsüber eingehämmert hatte.

Als ältestem Sohn wurden ihm etliche Pflichten aufgebürdet; während seine Mutter noch arbeiten ging, hatte er die Besorgungen zu machen und auf die zwei jüngeren Geschwister aufzupassen, was ihn sehr ärgerte, weil er draußen die anderen Kinder spielen hörte. Jeden Morgen machte er für sie das Frühstück, da die Mutter schon um sechs Uhr zu arbeiten anfing, und brachte sie in den Kindergarten; anschließend mußte er außer Atem zur Schule flitzen, in die er chronischerweise eine Viertelstunde zu spät und verschwitzt gestrauchelt kam und deshalb vom Lehrer mit mahnenden Blicken, von den Mitschülern mit schadenfrohen Gesichtern empfangen wurde. Es beeindruckte ihn damals

sehr, daß der Lehrer einmal zu seiner Mutter gesagt hatte, daß er, Mamo, schon wie ein Erwachsener denke, und daß es nicht gut sei, wenn ein Kind schon Gedanken habe, die normalerweise erst Erwachsene hätten.
Daß kurze Zeit darauf seine Schwester geboren wurde und seine Mutter nicht mehr arbeiten gehen konnte, brachte ihm die Erlösung. Dadurch wurde er von vielen Haushaltspflichten befreit und hatte endlich mehr Zeit, mit den anderen Kindern zu spielen. Für ihn gestaltete es sich zu einem Alptraum, droben in der Wohnung hocken zu müssen und den Babysitter zu spielen, während er das Toben der spielenden Kinder von unten hörte. Da nun seine Mutter wieder zu Hause die Säule wurde, hoffte er, daß sein Vater ihn jetzt mit seinen Aufforderungen, Mahnungen und Zurechtweisungen in Ruhe lassen würde. Aber das war ein Trugschluß: Der Vater legte großen Wert darauf, daß seine Kinder eine ordentliche religiöse Erziehung bekamen und frühzeitig den Weg zu Gott fanden. Was die Schule nicht schaffte, dachte er, ihnen selbst beizubringen. Sein Vater war nämlich von einem hehren Gottesglauben beherrscht, der sich noch steigerte, je mehr die Jahre in der Fremde vergingen. So versammelte er sie um sich, wenn er mal zu Hause war und genug Kraft aufbrachte, um ihnen Religionsunterricht zu erteilen.

Mamo erinnerte sich, daß mitten im Wohnzimmer sein Vater ihm vor vielen Jahren, als er elf oder zwölf Jahre alt war, eine Predigt über das Paradies gehalten hatte. Wie an jedem Sonntagmorgen hatte er die Kinder zu sich gerufen, und da Mamo üblicherweise beim Appell fehlte, hatte er ihn von der Straße rufen lassen, seinen Nachkommen Gottes Wort verkündet, anschließend die anderen Geschwister fortgeschickt und nur Mamo - zu dessen Mißfallen - zurückgehalten.
Mit erhabener und weicher Stimme hatte er über das Paradies gesprochen und dargelegt, daß man alles tun solle, um

nach dem Tode dahin zu kommen. Mamo mußte vor ihm stehen und aufmerksam zuhören. Aber zuerst muß man ja sterben, hatte er naiv dazu gesagt, obwohl er wußte, daß er nicht dazwischen reden durfte, wenn sein Vater die Gottesweisheiten verkündete. Sein Vater hatte ihm daraufhin mahnend giftige Blicke zugeworfen und anschließend eine Ohrfeige gegeben. Man darf nicht von eigener Hand aus dem Leben scheiden, war sein Vater fortgefahren, das ist eine große Sünde, daher muß man warten, warten, warten, bis Gott uns holt. Immer nur warten, bis es soweit ist. Mamo hatte geschwiegen, auf seines Vaters Füße gestarrt und sich in sich zurückgezogen. Woraufhin er eine weitere Tracht Prügel einstecken mußte. Er solle zwar nach unten schauen, aber aufmerksam zuhören.

Welche Gottesverkündung hat dir dein Vater vorgetragen? kam die prüfende Frage. Mamo hatte einfach nur dazu genickt, zwar ehrfurchtsvoll, doch das hatte seinem Vater nicht gereicht. Er fuhr mit der Unterweisung fort. Mamo ging dabei seinen eigenen Gedanken nach. Er versuchte, sich vorzustellen, wieviel Zeit vergehen müsse, bis man mit dem Tod so weit sei. Er erkannte die Binsenweisheit, daß ein Tag dem anderen folgen würde, dem einen Monat der nächste und sein Leben irgendwann zu Ende sein werde; aber er fand nichts besonderes dabei. Es lag für ihn alles in weiter Ferne. Damals wünschte er sich sehnsüchtig, schnell erwachsen zu werden, damit er endlich selbständig sein, ja, allein leben konnte ohne Vorschriften und Zurechtweisungen. Er wünschte sich, seinen eigenen Weg gehen zu können so schnell wie möglich.

Er mußte bitter lachen bei der Erinnerung; er schaute in die Mitte des Wohnzimmers und sah seinen Vater wieder vor sich, der ihm die Gottesweisheiten verkündete. Es waren fast zehn Jahre inzwischen vergangen, und in der Wohnung hatte sich nichts verändert, nur daß sie leer und verlassen wirkte, nachdem seine Eltern ausgezogen waren, ja, ausziehen mußten. Und nun war er allein. Er blickte wieder aus dem Fenster, aber diesmal sah er draußen nichts. Er starrte ins Leere. Sein Blick und seine Gedanken verloren sich darin.

13.

Hör mal, mein Sohn, ich will heute für dich das sein, was für mich das Meer, der Wind, die Sonne und der Mond fast ein Leben lang gewesen sind. Ich will mit dir sprechen. Das will ich dir als Abschied geben. Als Abschied, weil ich morgen dieses Zelt aus Stahl und Drähten verlassen muß, weil ich morgen dieses Meer aus Zement, diese Brandung aus Asphalt und Abgasen verabschiede, weil ich morgen Abschied nehmen werde aus dieser blendenden Dunkelheit, weil ich ab morgen nicht mehr im Hof auf die Klänge meiner Meereserinnerungen lauschen werde; und du, mein Sohn, würdest vielleicht, da du so neugierig und wißbegierig warst zu erfahren - das las ich dir von den Augen ab -, diese offen gebliebenen Fragen im Herzen tragen. Du sollst deshalb jetzt von mir etwas erfahren, als Abschied, als schöne Erinnerung an den alten Costas. Ja, mein Sohn, es stimmt überhaupt nicht, daß der Punkt, auf den meine Augen und Ohren gerichtet waren, ein beliebiger war. Ja, mein Sohn, ich richtete meine Augen, meine Ohren und mein Herz nicht auf einen toten, festen Punkt, Abend für Abend, Sonntag für Sonntag. So wie der Hauch des Lebens, ob gut oder schlecht, von den Älteren an die Jüngeren weitergegeben wird, ganz unabhängig davon, ob das die Jüngeren so wollen oder nicht, so versuchte mein Blick, den Faden einer unterbrochenen Geschichte wiederzufinden, nachdem sie abgehackt wurde. Ja, mein Sohn, die Menschen könnten das Herz der Ozeane sein, das Herz der Sonne und des Mondes, sie könnten sie sein, wenn sie könnten. Sie können es offenbar nicht. Sonst wäre ich hier nicht jahrelang an einen blinden und verlorenen Asphaltknoten gefesselt, sonst wären deine Eltern nicht hier, und auch du wärest nicht da mit dem Kopf unter schwirrenden Schwertern; stattdessen säßen wir lieber auf den Handtellern strahlend diamantener Tropfen, die uns mit dem Wind in die Wonne schattiger Olivenbaumblätter tragen würden. Darauf schaue ich, mein Sohn, wenn ich draußen im Hof sitze oder auch hier auf dem Tisch vor diesem merkwürdigen Fenster. Und auf mehr noch. Meine Augen und Ohren, ja mein Herz, richten sich auf das korallene, schäumende, farbenschillernde Meer. Und meine Augen, meine Ohren und mein Herz legen sich auf die nur für einen Augenblick versilberten Wellen und tanzen mit ihnen im Rascheln des Meereslaubes; den Wirtel der Lichter, das Wortgestöber des Meeres mit dem Wind, mit der Sonne und mit dem Mond, dem versuche ich nachzuspüren, mein Sohn. Nach der Arbeit auf dem Meer, Abend für Abend, Nacht für Nacht. Es waren immer neue Geschichten, die uns Meer, Sonne, Mond und Wind früher vortrugen. Mit der Emigration ist für mich und die anderen, die auch emigriert sind, das Fallbeil auf die Fäden der Geschichte gefallen. Und für die, die im Dorf bleiben konnten, ist ein anderes Beil gefallen. Auch sie versuchen, dem verlorenen Faden nachzuspüren; jetzt. Ein klirrendes Verstummen schlägt uns nun ins Gesicht. Ich kann die Fortsetzung des Fadens nicht mehr finden, niemand in meinem Dorf kann das. So leben wir Alten im Schatten der Erinnerung und graben dort nach den alten Geschichten, die uns das Meer, die Sonne, der Wind und der Mond Abend für Abend erzählten, als wir auf den Lippen des Meeres saßen und lauschten, noch lauschen konnten. Niemand mehr kann ihnen heute lauschen; das Getöse der Zementketten, die den Hals der Meere umzingeln, und das Erbrochene aus den Stahlkathedralen haben die Stimmen zum Verstummen gebracht. Warum es so geworden ist, darüber streiten sich die Weisen in unserem kleinen Dorf. Ich weiß nur, mein Sohn, daß das Meer, der Wind, die Sonne und der Mond uns genug zu essen gaben und uns abends unterhielten. Abend für Abend erzählten sie uns die Geschichten dieser Welt, die ich nun in meinem Herzen trage; und die die heranwachsenden Generationen nicht hören wollen, ja nicht hören können. Das Verstummen hat uns alle zu abgestumpften Herumirrenden gemacht.

14.

Am späten Abend legte sich über das Meer ein silberner Weg zum Mond hin, und unsere Blicke beschritten ihn voller Neugier, aber wir gelangten niemals bis zum Ende der Strecke; auf diesem Weg entfalteten sich die Novellen, die uns vorgetragen wurden, jeden Abend eine. Und eine will ich dir heute erzählen.

Es gab einen Tintenfisch, der es auf einen Seestern abgesehen hatte. Er begehrte ihn und wollte ihn in seine Algenhöhle bringen, um sie mit dem wunderschönen, rötlichen Seestern zu dekorieren. In seiner Verliebtheit umschwamm nun dieser Tintenfisch den Seestern, der ihn aber überhaupt nicht zur Kenntnis nahm. Der Seestern war sehr umworben; Schwärme verschiedenartiger bunter und zarter Fische umkreisten ihn, so daß der Tintenfisch mit seinen zehn häßlichen Fangarmen vor dem Mund für sich keine besondere Chance sah. Er wurde deswegen traurig und grübelte darüber nach, bis ihm endlich die alte Weisheit der Tintenfische einfiel: Durch seinen Tintensaft konnte er alle Konkurrenten besiegen, indem er sie damit einnebelte und sie ihm den Vortritt lassen würden. Aber da der Saft nur von kurzer Wirkungsdauer war, begann er zu forschen, wie er einen besseren entwickeln könnte. In einer Alge fand er einige Hinweise aufgeschrieben, die er zu einem Rezept entwickelte. Die Zauberlösung war Pilzstaub. Der hatte nämlich die Eigenschaft, das Fischgeschlecht in kurzer Zeit erblinden zu lassen.

Zu Mittag lauerte er auf die Fische, die gerade zum Mittagessen gingen, huschte vorbei und spritzte ihnen seine Tinte mit dem blindmachenden Staub dabei entgegen. Der Tintenfisch ging systematisch vor: jeden Tag eine andere Fischart. Nach einiger Zeit waren alle Fische erblindet und nur dem Tintenfisch hörig; so ließ er sich von ihnen ein größeres Algenhaus bauen, später einen Algenpalast und konnte sich endlich zutrauen, dem Seestern Liojénniti den Hof zu machen.

Dem Seestern Liojénniti sagte der Tintenfisch, er liebe ihn und würde ihn gerne an den Wänden seines Palastes krabbeln sehen. Aber Seestern Liojénniti lachte laut. Was? du willst mich als Partner haben? Mich an deinen lappigen Algenwänden? hielt er ihm lachend entgegen. Der Tintenfisch wurde rot vor Enttäuschung und Ärger. Aber er wollte ihn für sich haben. So warb er geduldig weiter. Aber der schöne Liojénniti wies ihn ständig ab; bis er eines Tages zum Tintenfisch sagte: Ich will von dir eigentlich nichts wissen, aber da ich sehe, daß du mich nie mehr in Ruhe lassen wirst, sage ich dir folgendes: Nur wenn meine Mutter, der Stern aller Sterne am Himmel, mir mindestens einmal am Tag gebracht wird, und nur wenn mein Vater Helio die ganze Welt mit seinen Armen gleichzeitig umarmen kann, und nur wenn all meine Halbschwestern aus dem Meer der Luft uns im Meer des Wassers besuchen werden, und nur wenn du auf die Hügel des Meeres Sesam säst und auf den Wellen Sesampflanzen wachsen und die Samen aus rotem Rubin sind, und nur wenn auf den Schaumkronen des Meeres Sesamhäuser gebaut werden, und wenn kein Blatt, keine Blüte, kein Same mehr vom Winde weggeweht wird, erst dann, nur dann, werde ich nur noch eine Bedingung stellen; und wenn du auch sie erfüllst, so werde ich Partner des Tintenfisches werden und die Wände deines Algenpalastes mit meinen Tastfühlern beschreiten.

Somit machte sich der Tintenfisch sofort ans Werk: Er brachte den Stern aller Sterne zu seiner Meerestochter in die

Tiefe des Meeres hinunter, indem er für die Strahlen des Sterns aller Sterne von seinen blinden Untergebenen einen schmalen Kanal bauen ließ, und da der Tintenfisch die Sonne zur Umarmung aller Enden der Welt auf einmal nicht bewegen konnte, ließ er folgende Information zu dem Seestern gelangen: Da die Sonne abends von der vielen Arbeit müde wird und die Anstrengung der Nacht nicht überstehen würde, hat der Tintenfisch den Mond beauftragt, für die andere Hälfte der Welt mit starken Strahlen Nachtschicht zu machen. Und mit ähnlichen Tricks löste der Tintenfisch die anderen Aufgaben des Seesterns. Bevor er wieder vor Liojénniti erschien, vergewisserte er sich durch seine Untergebenen, daß dieser keinen Verdacht schöpfte.

Dann schwamm der Tintenfisch zum Seestern. Liojénniti sagte darauf: Gut, und nun meine letzte Forderung: Wenn ich dein Partner sein soll, wenn ich dein Algenreich mit meiner zarten Haut erleuchten und wärmen soll, dann soll Getreide an den Stränden der Welt wachsen, und die Könige und Königinnen sollen die Ähren lesen und die Prinzessinnen die Ähren sammeln und die Prinzen die Getreidesäcke auf die Wagen laden, erst dann, wenn das alles geschehen ist, sollen wir Lebensgefährten werden. Der Tintenfisch stieg daraufhin auf einen Krebs und reiste durch die Welt, dachte nach, wie er bei diesen schwierigen Aufgaben vorgehen sollte, und kam zu dem Schluß, daß es am einfachsten wäre, bei den Königen anzufangen. Es erwies sich tatsächlich als einfach, Könige von ihrem Thron zu stürzen, weil ihre Untertanen sehr unzufrieden, sehr hungrig und unglücklich waren. Doch blieb für den Tintenfisch die ganze Mühe vergeblich: Kaum hatte der gestürzte König mitsamt seiner Familie die Arbeit auf den Getreidefeldern aufgenommen, schon hatte sich ein neuer König auf den Thron gesetzt, so daß das Thronkissen gar nicht kalt wurde. Nach mehreren gescheiterten Versuchen stieg der Tintenfisch wieder auf den Rücken des Krebses und kehrte mit großem Trübsinn im Herzen in seinen

Algenpalast zurück. In der folgenden Zeit verbrachte er schlaflose Tage und Nächte und grübelte, wie er doch noch zu seinem Ziel kommen könnte. Denn gerade in dieser Sache konnte er keine falschen Informationen durch seine Untertanen verbreiten; denn der Seestern brauchte nur an den Strand zu krabbeln, und schon würde er feststellen, daß dort kein Getreide wächst, und er würde auch die Gespräche der Fischer hören und gleich feststellen, daß die Könige nach wie vor auf ihren Thronen festgewachsen sind wie die Bäume auf der Erde.

Eines Tages sah er aber das durch ihn erblindete Seepferd im Trab auf sich zukommen. Voller Aufregung sagte das Seepferd, daß es vorige Nacht während seines Rittes auf dem Gesicht des Mondes die Halbschwestern Liojénnitis einander zuflüstern gehört habe, daß die Throne der Könige für immer leerbleiben würden, weil keiner sie mehr besteigen wollte, wenn die Tastfühler des Seesternes gelähmt seien. Seitdem war der Tintenfisch von großen Qualen geplagt, er suchte nach einer anderen Lösung, fand aber keine. Und langsam machte er sich mit der Vorstellung vertraut, den Seestern mit gelähmten Fühlern in seinem Algenreich zu haben. Doch ganz konnte er sich nicht dazu entschließen. Nach einer traumreichen Nacht aber sagte er sich: Lieber einen gelähmten Liojénniti in meinem Reich als diese Düsterkeit, die von überall her durchschimmert. Mit erleichtertem Herzen und ohne weitere Gedanken, weil er dies für die beste Lösung sowohl für das Fischreich wie für die Untertanen auf Erden hielt, die die Throne ertragen mußten, stellte sich der Tintenfisch an eine Stelle, an der Seestern Liojénniti auf dem Weg zum Mittagessen vorbeikam. So wurde auch der Seestern mit einer gehörigen Portion Tintensaft bespritzt, und seine Tastfühler erlahmten allmählich.

Dann stieg der entschlossene und eifrige Tintenfisch auf den Krebs und zog zur Erfüllung seiner Aufgaben von dannen. Ihn erwarteten aber nur derbe Enttäuschungen: Durch die Erlahmung des Seestern waren die Throne der Welt wie in der Erde festgewurzelt, und wenn ein König gestürzt wurde, ernannte sich schon der nächste zum neuen und ließ dann seine Untertanen verwalten.

Der Tintenfisch kehrte mit der Gewißheit in seinen Palast zurück, daß es nun leichter sein würde, dem Seestern sagen zu lassen, alle aufgestellten Forderungen seien durch den tapferen Tintenfisch erfüllt worden. So geschah es auch: Das Seepferd und der Krebs und die Fische sangen alle über die wundervollen Taten des Tintenfisches, daß nun die Könige arbeiteten und die Strände in ein riesiges und goldenes Meer Getreide verwandelt seien. Liojénniti konnte mit seinen erlahmten Tastfühlern selbst nichts mehr überprüfen und schickte an seiner Statt das Seepferd. Er wußte ja nicht, daß dieses auch blind war und in den Diensten des Tintenfisches stand. Das Seepferd kehrte bald zurück und bestätigte, daß alles ordnungsgemäß ausgeführt worden war.

Da sprach Seestern Liojénniti: Meine Tastfühler sind jetzt erlahmt, ich kann nichts sehen, deshalb muß ich eine dritte und letzte Forderung stellen: Dein Algenpalast soll sich zu einer roten Rose verwandeln, und wie aus einer Wiese soll sie vom Meer zum Himmel sprießen und ich, Seestern Liojénniti, soll der Teller sein, auf dem die Rosenknospe blüht. Erst dann, wenn du das ermöglichst, will ich, daß wir Lebensgefährten werden. Als dies der Tintenfisch hörte, bekam er einen Herzanfall und starb kurz darauf. Die Todesschreie des Tintenfisches und sein letztes Keuchen waren so laut und heftig, daß alle erblindeten oder gelähmten Fische sie hörten. Alle wurden sehr traurig und beschlossen in einer deswegen einberufenen Sonderkonferenz, dem guten Tintenfisch, der dem Fischgeschlecht nur Gutes getan hatte, die letzte Ehre zu erweisen.

Alle Fische, auch die Muscheln, versammelten sich an Ort und Stelle und begannen sofort mit den Trauerfeierlichkeiten. Sie lobten das Wundersame der Tintenflüssigkeit, dann hielt das Seepferd eine Ansprache voller Lob, nämlich, daß der Tintenfisch als erstes menschliches Tier der Meere dem Fischgeschlecht das Licht der Dunkelheit geschenkt habe. Und alle Tiere des Meeres tanzten und feierten. Dann wurde die Leiche des Tintenfisches auf den Rücken des Krebses geladen, und die Beerdigungskarawane setzte sich in Richtung der ewigen Fischgründe, wo alle Fische beerdigt werden, in Bewegung.

Seit dem Tag verschwand auch der Seestern Liojénniti aus den Gewässern des Mittelmeeres. Vergebens suchten die Fische nach ihm. Seitdem sind aber Seesterne am Strand zu finden, und wenn ihre Tastfühler erstarrt sind, wissen wir Fischer warum.

15.

Zwischen den beiden Teilen des Rummelplatzes, dort wo sich nur spärlich Buden aneinanderreihten, torkelten vermehrt Besoffene herum. Mit erloschenen Augen, viele davon Halbstarke, Punks und Jugendliche in Mamos und Dagmars Alter. Ein dicker Blonder mit Lederjacke schubste seine Freunde nach vorne, so daß einer gegen Mamo stieß. Paß auf, Mann, schrie Mamo ihm entgegen; und der dicke Blonde lachte aus voller Kehle. Light flashes aus den Bahnen und den Buden blitzten aus allen Ecken, und die Lichter des gerade stehenden Riesenrades schienen wie in die Dunkelheit gemeißelt. Sie stießen auf der anderen Seite des Platzes gleich auf ein Festzelt.

Ich kann ein Bier gebrauchen, sagte Mamo. Säufer, erwiderte sie und küßte ihn. Vielleicht sollen wir doch nach Hause gehen, da kann ich auch was trinken, meinte er, und es ist billiger. Hast du die Leute gesehen, fragte sie, mit den Leuchtketten entweder am Hals oder auf dem Kopf. Ja, das habe ich, sagte er, wie Heiligenscheine hat es ausgesehen.

Und lachend fügte er hinzu: Da traben lauter Heilige herum, mit dem Ding da. Es scheint Mode zu sein, ich sehe sie zum ersten Mal, sagte sie. Ulkig, was, rief er. Es sieht aus, als hätten sie kleine Leuchtkäfer um den Kopf. Sie sagte dann: Klar, weil sie Käfer im Kopf haben, und die haben keinen Strom mehr, drum. Leuchte ich auch um den Kopf? fragte er. Ne, lachte sie, kein Power unter der Haube. Mach ja nur, erwiderte er und legte seinen Arm auf ihre Schulter.
Na, was ist? fragte sie: Ich hab Durst. So? rief er, das Zelt liegt schon längst hinter uns. Kannst du nicht rückwärts gehen? rief sie. Mut zur Zukunft, betont dein Kanzler, sagte er. Wieso 'mein' Kanzler? Den hast du doch gewählt. Nein, ich habe ihn nicht gewählt. Gut, dann hast du für die Verlierer gestimmt, trotzdem ist er dein Kanzler, weil du gewählt hast. Und weiter? Wenn du so redest, ist er auch deiner, oder? Nein, ich habe nicht gewählt, ich darf ja gar nicht wählen. Wieso nicht? Ach so, ja. Also, rief er befriedigt.
Und was ist jetzt mit dem Saufen gehen? fragte sie. Du wolltest doch ein Bier trinken oder?
Ich? rief er. Wo es kein Power unter der Haube gibt, hilft auch kein Sprit.
Morgen müssen wir also den Abschleppdienst rufen, sagte sie.
Und den Priester für die letzte Ölung, ergänzte er, aber vorher heiraten wir, ne?
Klar, nur wenn ich dann Universalerbin bin.
Bestimmt, sagte er, da brauchen wir keinen Notar. Ab sofort vermache ich dir alles, was ich besitze - hier bin ich. Und er löste sich von ihr und streckte ihr die Arme entgegen.
Jetzt bin ich reich, sagte sie, und sie umarmten sich.
Das Plüschtier steckte aber zwischen ihnen.
Und was ist mit dem Sprit, fragte er dann, und sie liefen zum Festzelt. Ein Stoß heißer Luft schlug ihnen entgegen. Wenn jemand umkippt, sagte sie, muß man erst gucken, ob

der besoffen war oder einen Hitzschlag gekriegt hat. Lassen wir es sein? fragte er. Da an der Ecke sind Plätze, sagte sie.

Die Bedienung ließ lange auf sich warten. Der Platz war knapp auf der langen Sitzbank, so schoben sie das Plüschtier zwischen sich. Er drehte Däumchen, sie schaute sich die Leute an. Er rauchte eine Zigarette, sie beobachtete eine Frau neben sich, die mit ihren sexuellen Anspielungen die Blicke auf sich zog. Ihnen gegenüber saß ein junges Paar. Er war ein langer Hagerer mit spärlichen Haaren auf dem Kinn, blond, mit Afrolook. Mit abwesenden Augen starrte er zuerst umher; sie war auch blond, mit nach innen gewellten Haaren und einem traurig wirkenden Blick, so als ob sie in ihrem Leben nur Traurigkeit gekannt und nie die Hoffnung gehegt hätte, auch nur einmal glücklich zu sein. Der Kellner peilte sie an, und Dagmar betonte bei der Bestellung: Aber bitte nicht erst in zwei Stunden bringen. Der Getränkeschlepper machte eine ernste Miene und ballte die Lippen.

Der lange Hagere rief dann, nachdem die Bedienung gegangen war und nachdem er kurz aufgelacht hatte: Und kriegt euer Kind nix?

Dagmar und Mamo guckten sich verdutzt an. Der Blonde lachte hohl, und seine Kinnhaare spreizten sich. Wegen des Härchenspiels mußte Mamo lachen, aber sein Gegenüber mißverstand es. Dagmar suchte mit ihren Augen nach dem Grund, bis sie mit einem Male aufleuchteten. Ach so! rief sie aus, wies mit dem Finger auf den Plüscher und lachte lebhaft. Mamo glotzte sie an, als ob er schwer von Begriff wäre.

Das ist dein Kind, sagte Dagmar zu ihm amüsiert.

Wie heißt er denn?

Mamo entgegnete trocken: Mamo.

Das geht nicht, trotzte Dagmar. Papi und Sohn mit gleichem Namen, das geht nicht. Der Hagere strahlte vergnügt mit, seine Freundin dagegen schien eine leicht lächelnde Maske aufgesetzt zu haben, während ihre Augen traurig blieben.

Dann heißt sie Mada, brummte Mamo schlagfertig, und wenn es ein Junge ist, Damo. Dagmar kugelte sich vergnügt, der Hagere ließ seinen Blick lächelnd zwischen den beiden pendeln. Das sind die ersten zwei Buchstaben unserer Namen, erklärte ihm Mamo, sie heißt Dagmar, ich Mamo. Stellt ihr euch immer so vor? schmunzelte der andere. Ich heiße Heiner, sagte er dann und meine Freundin Maria. Ihm zustimmend nickte sie nur mit den Augen.

Der junge Mann knüpfte dann ein Gespräch mit Mamo über Musik an, er begann mit Kommentaren zu den Liedern, die gerade aus den Lautsprechern draußen in das Zeltinnere drangen. Das Podium in der Mitte des Zeltes war leer; die Kapelle machte offensichtlich gerade Pause. Dann redete er sich den Mund fusselig von Gruppen und Stars, dem Lindenberg, der Nannini, den Bots und im gleichen Atemzug von denen, die Woche für Woche in der Hitparade placiert wurden. Er zitierte einzelne Schlager und pflegte seine Aussagen mit einem 'Klasse', 'dufte' oder 'super' zu begleiten. Er lachte jedes Mal kurz auf, wenn er zu sprechen ansetzte.

Mamo hatte sich auf automatisches Nicken eingestellt; ab und zu wagte er einen Satz als Kommentar, der entweder Andeutungen enthielt, daß er durchblickte, oder schlichte ironische Bemerkungen. Die der Hagere im übrigen gar nicht begriff. Das, was Mamo wußte, hatte er nur nebenbei mitgekriegt, meist schnappte er es aus den Reden seiner Freunde auf - er hatte kein Geld für LP's und für die anpreisenden, werbenden Zeitschriften. Daraufhin ging der quasselnde Heiner zum Fußball über, aber in dieser Sparte konnte Mamo mehr mitreden; schließlich ging Heiner dazu über, über Kerben zu sprechen.

Plötzlich kam es, völlig unerwartet: Entschuldige wenn ich frage, aber: Welche Nationalität hast du?

Mamo erstarrte zu Eis, zuerst plapperte er irgendetwas undeutlich, dann stellte er selbst eine Frage: Wie kommst du darauf?

Nur so, zögerte der andere etwas verunsichert. Man sah ihm an, daß dies eine Verlegenheitsaussage gewesen war und daß er sich nicht traute zu sagen, was er wirklich dachte, warum er wirklich auf diese Frage gekommen war.

Mamo schwieg. Diese Frage war ihm schon etliche Male entgegengeschleudert worden, und er würde sie gar nicht so wichtig nehmen, würde dahinter nicht eine andere Absicht stecken. An seiner Aussprache und seiner Wortwahl konnte es nicht liegen, das wußte er. Er sprach wie die Einheimischen - er war ja einer. Er ahnte, oder besser, er wußte, daß diese berühmte Frage von seinem Aussehen herrühren konnte, aber ganz sicher war er sich nicht. Da schwirrten auch etliche Deutsche in der Gegend herum, die gar nicht so deutsch aussahen - er konnte sich nicht vorstellen, daß sie am laufenden Band nach ihrer Nationalität gefragt wurden. Irgend etwas mußte also Mamos Erscheinung an sich haben, was die Leute dazu brachte, die Jalousie aufzurollen und ihre Klischees aus ihren Schubfächern hervorzuzaubern. Und dies war der Hintergrund, der ihn ärgerte: Auch wenn er eine andere Nationalität hatte, war das denn so wichtig? Und bei dem Klima, das in diesem Land herrschte, schuf eine solche Frage nicht eine noch größere Trennungslinie? Einen Abgrund? Haben diese Fragenden solche Fragen nicht deshalb gebraucht, um sich auf die Personen einzustellen? Nation X Staunen und Einstellung der Blicke auf Exotik? Und Nation Y vielleicht Blickstufe Mitleid? Und Nation Z Öffnung der Blende auf Bewunderung? Und bei Nation O das Abwenden der Kamera? Falsche Vergleiche, mein Freund, sagte er sich. Wenn wir das Beispiel der Fotokamera nehmen für die Blicke, dann müssen wir eher von Schärfentiefe und Belichtung sprechen.

Entschuldigung, beteuerte der Hagere. Es war ihm auf einmal sehr peinlich, und er bereute offenbar die Frage. Er holte ein typisches Entschuldigungslächeln hervor. Nur so, weißt du, ich dachte einfach.

Mamo gefiel das, und er fühlte sich von Heiners Verlegenheit gerührt. Schon gut, milderte er. Aber wenn du es unbedingt wissen willst, dann sage ich es dir ganz genau: Ich bin Deutscher, nicht wahr Dagmar? Mit den Augen heischte er nach Dagmars Bestätigung. Sie nickte nur verlegen. Mamo fiel es plötzlich auf, daß die beiden Frauen die ganze Zeit geschwiegen hatten - die Männer dominierten wieder, sagte er sich, und die Frauen sind wieder mal eine Art Anhängsel. Siehst du, wir babbeln die Frauen mundtot, bemerkte er zu Heiner, und Dagmar bestätigte das. Endlich was Gescheites gesagt.

Ja, du! rief Heiner verlegen zu seiner Freundin und stupste sie mit dem Ellbogen an. Sag du auch mal was!

Klar, auf Kommando, erwiderte Dagmar prompt und zog sich dadurch einen schiefen Blick des Hageren zu.

Sprechpause, Mamo griff zur Zigarette, Heiner zum Glas. Maria auch, und Dagmar wandte sich zur Theke. Na, kommen die Getränke endlich? Der Getränkeschlepper erinnerte sich und nickte. Siehst du, der hat uns vergessen.

Naja, um genau zu sein, setzte Mamo das frühere Gespräch fort, bin ich nicht ganz deutsch, ein bißchen schon, aber vor allem bin ich ein Bürger dieses Landes, okay? Der Hagere nickte, und seine Kumpanin folgte seiner Zustimmung.

Ansonsten bin ich aus dem Niemandsland, fuhr Mamo fort, genauso wie der Odysseus vor dem Zyklopen; bekanntlich hat er vor dem Zyklopen Niemand geheißen, um seine Haut zu retten. Genau dasselbe geschieht auch mit mir. Er gluckste plötzlich und kurz. Ich wette, sagte er mit einem ironischen Unterton in der Stimme: Ich wette, du kennst dieses Land schon, das Land, das Niemandsland heißt. Ich wette, ihr wart dort schon in Urlaub, oder etwa nicht?

Der andere wußte weder ein noch aus, er hatte das Lächeln um seinen Mund aus seinem Gesicht verbannt und blickte zur Seite.

Die zwei Krüge Bier wurden vor sie hingestellt; Dagmar seufzte erleichtert: endlich. Prosit. Ja, zum Wohl.
Klar, sagte Heiner, wir sind alle Menschen, oder?
Mamo unterdrückte eine weitere ironische Bemerkung. Er wollte ihm nicht ins Gesicht rufen, daß er wieder eine große Scheiße logelassen hätte, diese schönen Worte, die erst abgestaubt und dann aufpoliert werden, um sie vorzuzeigen, wenn man nicht weiter wisse. Er hob wieder sein Glas. Zum Wohl.
Auf alle Menschen, ergänzte Heiner. Mamo verschluckte sich; auch die beiden Frauen hatten mitgezogen, aber ihr Glas nur leicht zum Prosit erhoben, vermutlich höflichkeitshalber. Dabei hatte Maria 'zum Wohl' geflüstert. Sie hörten ihre Stimme jetzt zum ersten Mal. Eine schwache Stimme wie ein dünner, erschlaffter Draht, der zum Vibrieren gebracht wurde. Mamo dachte, daß es merkwürdig sei, wie zusammengewürfelt manche Paare wirkten: der Hagere mit einem ewigen Lächeln vor jedem Wort, sie mit ihren traurigen Augen und ihrer Einsilbigkeit. Vielleicht sprach sie hauptsächlich mit ihren Augen und nicht mit ihrer Zunge, sagte er sich.
Dagmar trank zügig aus; er verstand. Gehen wir? fragt er, und sie nickte. Wieder in den Trubel hinein? wollte Heiner wissen. Klar.
Draußen zog ein älterer Mann mit einer Drehorgel vorbei. Mit der umgekippten Mütze bat er um eine kleine Anerkennung.

16.

Sie setzten sich auf die Wiese vor dem Denkmal „Zu Ehren des Vaterlandes", die Schrift auf einer bronzenen Tafel am riesigen Klotz war deutlich zu lesen, da zwei Lampen sie anstrahlten. Es saßen schon andere Liebespaare auf der

Wiese. Die bunten Lichter der Buden in der Nähe blitzten, das Piratenschiff und das Riesenrad waren trotz der Entfernung gut zu erkennen, nur zerfetzte Takte des rhythmischen Disco-Geklatsches schwappten bis zu ihnen herüber. Das frisch renovierte Schloß mit seiner hellen Beleuchtung, ein Markenzeichen der Stadt, wirkte vor dem Hintergrund der beleuchteten Straßen wie von einem Happening-Künstler zufällig hingekleckst; in einem Hochhaus im Zentrum brannten im vorletzten oder letzten Geschoß noch Lichter, vermutlich ergötzten sich einige Leute an Überstunden. Auch die Spitzen des alten Domes waren gut zu erkennen, wie scharfe Zähne gegen den Himmel gerichtet.

Mamo und Dagmar hockten dort, ohne ein Wort zu sagen. Es wurde etwas frisch, aber das schien denen, die dort saßen, nichts auszumachen. Es war relativ ruhig, ab und zu nur kam johlend ein Besoffener vorbei. Glockengeschepper zeigte zehn Uhr an.

Wie geht's deinen Eltern in der Heimat, fragte sie unvermittelt.

Gut, reagierte er einsilbig. Er sprach nicht gerne darüber, besonders jetzt nicht, wo er sich mit Dagmar so wohl fühlte und das bedrohliche Schreiben zu Hause mitten auf dem Tisch lag. Er wollte die Zeit, die er noch mit ihr verbringen konnte, voll auskosten.

Und was macht dein Vater? wollte sie wissen.

Er seufzte. No job und nagt an seinen Ersparnissen, blies er in einem Atemzug hinaus; er begann, mit ihren Fingern zu spielen. Ansonsten geht es der ganzen Familie gut, fügte er noch hinzu.

Um weiteren Fragen zuvorzukommen, beugte er sich zu ihr und küßte sie leicht auf die Lippen. Er redete, was ihm gerade einfiel: Ein komischer Kerl, dieser Heiner.

Ahnungslos ging sie darauf ein. Der vorhin im Zelt? Jaja, und die Freundin! Wie ein begossener Pudel hockte sie neben ihm.

Ich hab's gemerkt, erwiderte er und streichelte Dagmar. Sie fingen an, leidenschaftliche Zungenküsse auszutauschen. Wälzten sich und kippten zu Boden, der Plüscher geriet zwischen sie, Dagmar mußte lachen, während er an ihrer Jeans fummelte, um sie zu öffnen. Das enge Knopfloch bereitete ihm Schwierigkeiten. Um sie herum knutschten die anderen ebenso ungestört und unbekümmert; ab und zu hallten laute Stimmen und johlendes Geschrei herüber und übertönten die Klänge aus den Buden.

Allmählich rückten sie fester zusammen; sie umschlang seinen Rücken, er ihre Hüften und ihren Hals und begann rhythmisch zu schaukeln, immer heftiger. Sie öffnete den Hosenknopf seiner Hose, drückte mit ihren Fingern den Reißverschluß und die Hosen hinunter, wobei er ihr half; dann streichelte sie mit ihren leichten Händen seine Unterschenkel; er stöhnte. Seine kühlen Hände verschwanden unter Lederjacke und Pullover; sie zuckte zusammen. Da mußte er plötzlich an die Zeit nach dem Terminablauf denken, an sich und Dagmar, an Dagmar mit einem anderen, er versuchte sich in der leeren und flimmernden Gedankenkiste den Fortgang seiner Geschichte vorzustellen. Er spürte, wie sein Glied schlagartig erschlaffte. Er stieß ein verzweifeltes Stöhnen aus. Mit dem Mund ertastete er ihre Wangen, gierig suchte er ihre Lippen.

Lange verweilten sie in einem innigen Zungenspiel. Wie von einem nicht mehr zu bremsenden Drang beherrscht, knöpfte er hastig ihre Jeans auf, zog sie samt Unterhose bis zu ihren Schenkeln herunter und legte sich auf sie. Bevor er sich einem blinden Schaukeln hingab, nahm er nur noch ihr sich rundendes Gesicht wahr. Behutsam bewegte sie sich unter seinem Sturm.

Nach dem letzten leisen Stöhnen öffnete er die Augen und sah den breiten Sockel des Denkmals. Vom Boden erschien die Säule wie ein brauner Stab, getüncht von der Dunkelheit der Nacht.

Die Kühle machte sich sofort bemerkbar, sie zogen sich an. Als die Glocken elf schlugen, standen sie auf und rückten näher zum Licht, fast ganz vor das Denkmal. Dagmar sah kurz nach dem Plüscher, der umgekippt dalag.

Willst du mir nicht etwas beichten, fragte sie mit sanfter Stimme.

Mamo war alarmiert: Wußte sie doch etwas vom Schreiben, oder merkte sie es an seinem Verhalten? Vom Schreiben konnte sie nichts wissen: Es war erst heute angekommen.

Mit gelähmter Zunge stammelte er kleinlaut: Was denn?

Doch er konnte erleichtert aufatmen; sie sagte: Das mit dem Schießen - woher hast du das?

Wie gesagt: aus den Spielhöllen. Die elektronische Abknallerei mit den Players, kennst du doch auch, oder?

Quatschkopf, murrte sie ungläubig.

Die Dinge sind teuflisch, was denkst du? beharrte er.

Und du denkst, ich bin so dumm und glaube dir.

Kannst du machen, wie du willst.

Sie legten eine Pause ein.

Wieder zog das Plüschtier ihre Blicke an.

Nee, sagte er dann, ich habe mal als kleiner Junge eine Spielknarre gehabt, so mit Gummikugeln, damit habe ich im Hof immer gespielt, und so habe ich es gelernt. Er log, und er fühlte sich widerlich dabei. Er sah sich wieder in der verzwickten Lage, seine Taten vor geliebten Menschen begründen zu müssen, sich rechtfertigen zu sollen, wo ihm das überhaupt nicht einleuchtete.

Sie schien beruhigt zu sein. Und sie umarmte ihn fest. Ihre Hände waren kalt, und er rieb ihre Handflächen. Und was hast du dir beim Schießen gedacht? fragte sie noch.

Nix.

Heute abend, meine ich, als du auf die Herzen geschossen hast.

Auch nix.

Wirklich?

Echt, was willst du dabei schon denken, nix, ehrlich. Er dachte dabei auch an die Übungen mit Evan. Er log diesmal nicht, und das schaffte ihm Erleichterung. Sauerstoff für die Lungen. Er wurde nachdenklich, dann sagte er: Wenn du schießen mußt, dann siehst du nur den Punkt, du siehst nur das Ziel, die Kimme und das Richtkorn, aber als Einheit, als eine einzige Masse, und an dem Punkt dort lösen sich die Gedanken auf, nein: die Gedanken schmelzen mit dem Punkt zusammen.

Das ist ja schrecklich, murmelte sie.

Kann sein, sagte er. Mit schwerfälligem Gang holte er den Plüscher.

Sehen wir uns morgen? fragte sie.

Ja. Die Frage beunruhigte ihn plötzlich. Natürlich. Warum fragst du? Hast du schon was vor? Mußt du mit deinen Eltern fort? Sag doch endlich! Er dachte, daß er es nicht ausgehalten hätte, wie ein verlassener Hund allein in der Wohnung zu bleiben. Er entsann sich, daß im Behördenschreiben ein Datum angegeben war, aber er konnte es sich nicht mehr vergegenwärtigen, er hatte nur ganz verschwommen Ende April behalten, und daß er dabei gedacht hatte: gerade jetzt beim Ausbruch des Frühlings. Also in drei Wochen.

Er hatte den Brief nur flüchtig gelesen, wie im Akkord: Innerlich hatte er sich gewehrt, das Schreiben genauer unter die Lupe zu nehmen. Als er es vom Briefträger entgegennahm, war er gerade im Aufbruch gewesen. Daß es keine gute Botschaft brachte, verriet schon der Umschlag mit Adressenfenster, was immer auf einen behördlichen Inhalt schließen ließ. Dann hatte er den Stempel der Ausländerbehörde auf dem Umschlag schon nicht mehr wahrgenommen, so durcheinander war er. Nachdem er das Formular überflogen hatte, sagte er sich, daß es ihm den ganzen Nachmittag verderben würde, wenn er sich zu stark mit dem Brief beschäftigte. Er war schon so aufgewühlt, als er seine Bude verließ, daß der

Satz 'Doch die Abschiebung...' ihm ständig durch den Kopf schoß.

Er war sofort in die Spielhölle gerannt in der Hoffnung, sich dort zu beruhigen und wieder zu sich zu kommen. Während er einem Jungen beim Autorennen-Game zuschaute, beschloß er, Dagmar zunächst nichts zu sagen, vielleicht überhaupt nichts darüber zu sagen. Die Sache ging nur ihn etwas an, und er mußte selber sehen, wie er damit fertig würde. Außerdem: Er bezweifelte, ob er es überhaupt fertigbrächte, es ihr zu sagen. Das konnte er ihr und sich selbst nicht antun. Mit ihr wollte er nur die glücklichen Momente verbringen, und er begann langsam, mit sich selbst zu hadern. Um an nichts mehr zu denken, shootete er den ganzen Nachmittag an den Automaten. Er brauchte das, damit seine Gedanken mit dem Ziel verschmolzen und seine innere Spannung durch die elektronischen Impulse zurückgedrängt werden konnte. Er nabelte sich erst vom Gerät ab, als er spürte, daß es zu dämmern begonnen haben müßte und Dagmar bald auf ihn warten würde.

Ohu, langsam, erwiderte sie, nicht so heftig! Was ist denn los mit dir? Du bist aber merkwürdig.

Sag doch, wiederholte er hastig, so als ob er sie nicht gehört hätte. Sag doch, hast du dir für morgen schon etwas anderes ausgedacht? Im Handumdrehen hatte die Angst wieder freien Lauf bekommen; er spürte sie in sich hochrasen, Dagmar müsse morgen etwas anderes tun, und er würde doch allein bleiben, allein mit dem Schreiben. Zum Treffpunkt wäre er keinesfalls gegangen, da war er sicher.

Ich müßte meine Wäsche flicken, aber ich kann das um eine Woche verschieben, sagte sie.

Ja, ja, verschieb es ruhig! Verschieb es! flehte er mit seinen Ausrufen wie außer sich.

Nanu, was ist denn los?

Er verschanzte sich hinter Schweigen. Er küßte sie nochmal, und sie gingen. Wie die Rampe einer Rakete sah der

Klotz auf der Wiese aus, auf dem geschrieben stand: „Zu Ehren des Vaterlandes".

Auf dem Heimweg verdichtete sich der Strom der Rummelplatzbesucher zeitweise zu einem Knäuel. Am Straßenrand lag ein Junge am Boden. Mamo beugte sich hinunter. Der zerzauste Jugendliche hatte eine starke Alkoholfahne. Als er Mamos Gesicht sah, schrak er auf und flehte jammernd: Bitte Harald, tue es nicht, Harald, bitte, das darfst du mir nicht antun. Und er begann, sich am Boden zu wälzen. Zwei Jungen traten hinzu und hoben ihn hoch. Komm, marsch nach Hause, hörst du? Eh, Karl, hörst du? Der Junge riß die Augen auf, nur für einen Augenblick, und stöhnte. Die beiden trugen ihn mit sich fort. Mamo mußte sofort an Volker denken, eigenartigerweise, er konnte sich nicht erklären warum.

Die Straßen waren dunkel, und Dagmar und Mamo trennten sich vor der Bushaltestelle am Bahnhof. Er zog es vor, die etwas mehr als zwei Kilometer nach Hause zu laufen.

17.

Ob Volker Mamo abschieben und zum Flugzeug abführen könnte, war noch lange nicht ausgemacht. Und obwohl er von Sprichwörtern nichts hielt, sagte Mamo sich doch, daß die Rechnungen, ohne den Wirt gemacht, meist nicht aufgingen. Das traf für seinen Fall jetzt zu. Er grinste bei diesem Gedanken. Die Angelegenheit mit der Blutwurst, er erinnerte sich noch sehr gut, hatte er ohne weiteres geschluckt. Und erst recht die Szene in der Disco. Er hatte begonnen, die Affronts hinzunehmen, als gehörten sie zum Alltag wie Coca-Cola und Hamburger. Deswegen hoffte Mamo, daß Volker mit von der Partie sein werde, er hoffte, daß er mit ihm abrechnen könnte. Hier in der Bude oder draußen auf der Straße. Noch nie hatte er eine Sache so klar gesehen, hatte sich so frei gefühlt, Haß zu empfinden. Auf Haß mit Haß zu reagieren.

Mit diesen Gedanken starrte er aus dem Fenster hinaus. Die Geschäftigkeit war aus der Straße verschwunden; auch einige Schüler aus der benachbarten Schule hatten sich bereits vor elf auf den Heimweg gemacht. Wie das Denkmal des Domes, an dem er und Dagmar so schön geflachst hatten, stand Mamo hinter dem Fenster; und die Müdigkeit machte sich allmählich bemerkbar. Er bereitete sich in der Küche einen Kaffee, eilte aber zwischendurch zum Fenster, damit er ja ihre mögliche Ankunft nicht verpaßte, und holte aus der Nachttischschublade noch einmal das Schreiben heraus. Zum wiederholten Mal las er das vorgedruckte Formular, auf dem nur sein Vor- und Nachname mit der Schreibmaschine geschrieben waren; er hatte das an der unterschiedlichen Farbtönung der Zeilen erkannt.

Die entscheidenden Sätze hatte er jetzt schon oft gelesen. *Sie haben bis zum 27.4.1983 das Land zu verlassen. Befolgen Sie die Anweisung nicht freiwillig, so erfolgt die Zwangsvollstreckung Ihrer Ausweisung unter Polizeiaufsicht. Ersparen Sie sich und uns den Ärger und verlassen Sie bis zum festgesetzten Termin das Land; geben Sie dann das beiliegende Formular an die an der Grenze ansässige Polizei bei der Grenzkontrolle ausgefüllt zurück, damit Ihre Angelegenheit in den hiesigen Behörden zügig und reibungslos erledigt werden kann.*

Der Ausweisungstermin war seit einer Woche abgelaufen; seitdem hatte er seine Wohnung nur einige Male nachts verlassen, nur um kurz frische Luft zu schnappen. Er hatte vorsorglich eine Karre voll mit Lebensmitteldosen bei Aldi geholt und wartete geduldig, bis sie kommen würden. Er hatte sein ganzes Leben lang gewartet, auf ein paar Tage mehr oder weniger kam es jetzt nicht an. Er entsann sich, daß er irgendwo im Zentrum an einer Hausfassade gelesen hatte: 'Warten auf die Kristallnacht'. Zunächst war er betroffen und erschrocken, dann hatte er sich gesagt: Ist scheiße, die

Nazis sind gar nicht an der Macht. Und die, die am Hebel sitzen, die brauchen solche plumpen, groben Sachen nicht, die machen es anders, wenn sie jemanden vertreiben. Er dachte an seinen Vater und seine Familie, deren Ausweisungsverfahren ohne wenn und aber, wie es so schön im Beamtendeutsch heißt, auf leisen Sohlen 'vollstreckt' wurde. Ihm war der Satz zigmal durch den Kopf gegangen; was ihm mehr imponierte war der Begriff 'warten'. Er konnte sich unheimlich damit identifizieren. Am Treffpunkt warten, bis der Tag verschlungen wurde, in der Spielhölle warten, warten auf einen Job, und nun zu Hause warten, bis sie kommen würden. Entsteht die eine Sache nicht deshalb, weil auf der anderen Seite das Warten steht? Sind sie vielleicht nicht so unauflöslich miteinander verwoben? Das sagte und fragte er sich; und diese Gedanken und Fragen lösten neue aus; er sah sich plötzlich in einer Gedankenflut mühsam herumkraulen. Und sie mündete immer beim Endpunkt: Daß sie kommen werden, die Vollstrecker der Abschiebungsordnung. Früher oder später, das hatte er bei Bekannten miterlebt. Das Schreiben der Behörde sprach eine deutliche Sprache.

Er las es noch einmal und mußte lachen bei der Aufforderung, die Abschiebung und die Abschiebungsformalitäten an der Grenze selbst abzuwickeln. *Wie lieb! Sie erwarten halt, daß du behilflich bist bei der Selbsterledigung.* Er erinnerte sich an Western, in denen die Todeskandidaten gezwungen wurden, sich selbst ihr Grab zu schaufeln. *Womöglich bitten sie dich, dich selbst auch noch abzuknallen, damit sie sich die Hände ja nicht dreckig machen müssen.* Er mußte zwangsläufig an die eine Szene aus der Italo-Western-Serie denken, in der der dem Tod Geweihte, nachdem er sein eigenes Grab geschaufelt hatte, auf ein wackliges Todeskreuz steigen und den Hals in die Schlinge stecken mußte; es wäre dann seine eigene falsche Bewegung gewesen, die ihm den Tod gebracht hätte. *Vielleicht kommt's noch, die Selbstabknallerei. Vielleicht bringen sie uns dann nicht nur das Warten bei, sondern auch, wie man das Warten selbst beendet. Das wünschen sie sich. Am besten sollte alles computergesteuert ablaufen, programmierbar. Egal wie: Sie setzen dir die Pistole an die Schläfe, zwingen dich, deinen Finger an den Abzug zu legen und zu warten, bis der Finger sich bewegt, bis dein Finger die starre Haltung nicht mehr aushält, bis es knallt. So ist nun deine Lage, Mann: Bleibst du, hast du keine Chance. Läßt du dich abschieben, hast du erst recht keine. Irgendwo habe ich mal gehört: Du hast keine Chance, aber nutze sie. Noch nicht mal diese Hoffnung habe ich. Abgeschoben ist nicht aufgehoben, nicht für mich. Daher warte ich. Ich warte, weil ich nicht mehr warten will. Dagmar wird mich verstehen, so hoffe ich.*

Er erinnerte sich daran, wie sie zum letzten Mal in seiner Wohnung war. Er hatte sich vorgenommen, es ihr zu sagen. Sofort nach ihrer Ankunft. Das hatte er nicht geschafft. Und eine Erklärung dafür hatte er auch nicht. Wie er sie dann auf der ausgezogenen Couch liegen sah, sagte er sich: Das darf ich ihr nicht antun, niemals. Nackt wirkte sie wie ein in sich zusammengerolltes Neugeborenes, das vom ersten Licht der Welt erschreckt wird. Auf einmal empfand er eine tiefe Zärtlichkeit für Dagmar und den Wunsch, sich ihr völlig hinzugeben. Das schlechte Gewissen ergriff ihn noch stärker, noch heftiger, und für einen Augenblick zauderte er noch. Unwillkürlich, vielleicht als Ergebnis des inneren Konflikts, sagte er: Na, was ist, du Igel?

Sie beantwortete seine Frage mit einem verlegenen Lächeln eines auf frischer Tat ertappten Kindes. Er zog sich schnell aus und legte sich neben sie. Sie war noch immer zusammengerollt und schien leicht zu zittern. Guck dich mal an, rief er, doch ein Igel. Er streichelte sie.

Rasch streckte sie sich, ihre Körper berührten sich. Er legte seine Arme um ihre Schultern, und seine Lippen berührten leicht ihren Hals: Sie erwiderte seine Zärtlichkeit mit ihren Zähnen, die sein Ohrläppchen berührten; sie rollten sich dann im quietschenden Bett. Anschließend lutschte er an einer Zigarette, und sie kaute an ihren Nägeln herum.

Wäre nicht das Gezänk der Kinder auf der Straße und die Musik aus den anderen Wohnungen gewesen, hätte in dem Zimmer völlige Stille geherrscht. Um sie zu durchbrechen, rief er: Bist du ein Igel oder nicht?

Komisch, du magst Igel umarmen, was? Sie dachte kurz nach. Und du? Was bist du? Ihre Stimme schien etwas gekränkt.

Er lehnte sich leicht zurück, um ihr ins Gesicht zu schauen. Sie schnickte nervös das Haar nach hinten.

Guck dich mal lieber selbst an, fuhr sie etwas schrill fort; du verschanzt dich hinter einem Panzer wie eine bedrohte Schildkröte.

Gar nicht, widersetzte er sich. Er griff erneut zur Zigarettenschachtel und tastete mit der Hand blind am Boden umher, das Feuerzeug suchend; auch als er guckte, fand er es nicht und eilte in die Küche, Streichhölzer zu holen. Er setzte sich wieder neben Dagmar, während er die Zigarette anzündete, und zog heftig; hinter dem Rauch erschienen seine Augen wie zwei ermattete Sterne hinter lockeren Wolken. Eins mußt du mir wirklich erklären, rief er dann. Warum klappst du dich zusammen, wenn du so daliegst? Das machst du jedesmal, ehrlich. Und während er das aussprach, mußte er plötzlich an den Satz denken, den sie damals losgelassen hatte: Manchmal habe ich Angst vor Männern, vor dir auch. War das also der Grund? Oder schämte sie sich, nackt, ganz nackt, vor seinen Augen zu liegen? Oder weil er sie mit bohrenden, ja vielleicht begierigen Augen beglotzte? Er wagte nicht, von ihrer Männerangst zu sprechen. Er befürchtete, es könnte zwischen ihnen etwas kaputtgehen. Er dachte, und sie vielleicht auch, daß ihre Beziehung wie ein wunderschöner, aber sehr empfindlicher Kristall wäre, der behutsam behandelt werden müsse.

Während er diesen Gedanken nachhing, hatte sie barsch

verneint, sie würde sich jedesmal zusammenrollen. Und hatte noch gekontert, daß er gerade derjenige wäre, dem man alles aus der Nase herausziehen müßte.

Unwillkürlich klopfte sein Finger an der Zigarette, und feinpulverige Asche fiel auf die Couch. Als die Glut den Filter erreichte, stand er ruckartig auf, drückte die Zigarette im Aschenbecher mit Gewalt aus und legte eine Platte auf.

Sie lagen eine Weile nebeneinander, ohne ein Wort zu sagen, ohne Blicke auszutauschen; er grübelte wie abwesend und vernahm nur noch das Klicken des Tonarmes, der in die Ausgangsstellung zurückkehrte, bis sie ihn mit der Frage 'Was denkst du?' zurückholte.

Nix besonderes, erwiderte er trocken, stand erneut auf, um die andere Seite der Platte aufzulegen, auf dem Rückweg nahm er einen weiteren Aschenbecher mit an die Couch. Nachdem er eine neue Zigarette angezündet hatte, gab er die gleiche Frage an sie zurück.

Sie begann, an ihren Fußnägeln zu kratzen; die Haare fielen ihr ständig vor die Augen, und sie blies sie andauernd zur Seite. Mit dem hinter ihren Haaren verborgenen Gesicht sagte sie: Ich habe eben an meinen Alten gedacht, er geht mir laufend auf den Geist mit seinem „Die Prüfung, die Prüfung". Der kann mir bald den Buckel runterrutschen. Jetzt kommt er auch noch mit der Leier: Ein Holländer oder ein Däne macht mir überhaupt nichts aus, aber ...

Nein, Schnute zu! unterbrach er. Sie stockte. Nervös stocherte er mit seiner Zigarette im Aschenbecher. Aber ich hab' ihm gesagt: Das geht dich nichts an, und die Prüfung ist auch geschenkt, wenn sie mir den Vertrag nicht verlängern. Das muß ich auf meine Kappe nehmen, klar! Glaub mir, Mamo, am liebsten würde ich die Flatter machen, nix wie weg, glaub's mir.

Mamo schaute sie verlegen und beunruhigt an. Soll das eine Anspielung sein, fragte er sich. Damit ich frage, ob sie bei mir einziehen will? Das geht nicht, nein, nein, das geht nicht mehr, jetzt ist es zu spät. Er bemerkte auf dem Tisch die zwei noch vollen Gläser Martini, holte sie und reichte das eine Dagmar; sie nahm es, ohne hochzuschauen, stellte es auf den Boden und fuhr fort.

... Mein Alter ist schon ein komischer Typ: Er zeigt mir laufend die kalte Schulter, dann will er wissen, was für mich besser ist. Sie war nie mit ihm zurechtgekommen. Als Kind wollte sie immer bei ihm bleiben, sie hatte ihn regelrecht vergöttert und über alles geliebt. Bis er einmal hinter der Glasscheibe stand und etwas von ihr zu wollen schien. Nach dieser langen Zeit empfand sie nun dieses Ereignis so fern, so traumhaft; sie wußte nicht einmal, ob es sich wirklich so abgespielt hatte oder nur ihre Phantasie gewesen war, vielleicht ein Wunsch. Für sie hatte er sowieso immer auf dem hohen Roß gesessen; sie hatte sich immer danach gesehnt, wenigstens ein paar liebe Worte von ihm zu hören, ein Gefühl der Zuneigung zu spüren, etwas Verständnis. Stattdessen beachtete der Alte sie kaum und überschüttete Peter, den jüngeren Bruder, mit Aufmerksamkeit und Liebe. Peter konnte sich zu Hause alles leisten, und es passierte nichts; aber wehe sie machte etwas falsch. Den Peter haßte sie deshalb. Er hatte sie immer wieder an die Eltern verpetzt. Heute ist ihr der Bruder, ja sogar ihr Alter selbst, ganz gleichgültig. Die meckerten herum, daß sie mit einem Ausländerjungen ging; gerade gestern hatte sie den beiden sogar die Tür vor der Nase zugeknallt. Die beiden konnten ihr gestohlen bleiben, und auch die Doro, die labert nämlich nach dem gleichen Prinzip: Muß das sein, hast du nicht einen Besseren. Ich hab' ihr gesagt: Du kannst mich mal, und wenn du nicht schleunigst die Kurve kratzt, kannst du was erleben.

Mamo war ruckartig aufgestanden und kreiste im Zimmer umher. Dann hatte er sie angeschrien: Schluß! Schnute zu! Willst du es nicht verstehen?

Sie verfolgte seine Bewegungen mit ratlosen Blicken. Was

machst du für eine Fratze? Was habe ich falsch gesagt, jetzt? Er schwieg.
Sie rief: Komm! Und lächelte ihn mit mütterlicher Zärtlichkeit an. Als er sich etwas näherte, ergriff sie seinen Arm und zog ihn fest an sich. Er betrachtete sie lange. Es schien ihm, sie würde ihn doch durchschauen, und sie habe nun Mitlied mit ihm bekommen, mit seinem Elend, seinem ganzen Schmerz; dem unendlichen Schmerz, der in ihm schwelte.

Sie hatte ihn doch nicht verstanden. An dem Sonntag, an dem sie zum letzten Mal gemeinsam ausgegangen waren, waren seine Vermutungen zur Gewißheit geworden. Es war im Grunde ein Tag wie jeder andere gewesen, ein Frühlingstag, mildes Wetter, aber etwas bewölkt. Es war der 24. April, dieses Datum hatte sich seinem Gedächtnis eingeprägt. Zum letzten Mal gingen sie zusammen. Das letzte Mal mit Dagmar. Sie spazierten erst durch einen Park, dann durch die umliegenden Felder, wo an den Bäumen die ersten Blüten sprossen. Sie hatten sich gestritten. Das, was er vermeiden wollte, war eingetreten. Erbarmungslos. Und erbärmlich fühlte er sich dann auch. Beinah hätte er alles hingeschmissen und sich in den Fluß geworfen, so war ihm zumute.

Dann hatte er sich gesagt: *Nein, ich bin keine Untertasse auf dem Bildschirm, keine vorbeiflitzende Tontaube, die auf elektronische Schüsse wartet und umkippt, in der Versenkung verschwindet, nein, ich bin kein Kegel, der auf die Kugel wartet, nein; wenn ich schon umkippen muß, wenn ich abgeschoben werde, dann ist es schon wie ein Versenken. Ja, wenn ich schon umkippen muß, dann mit Würde. Daher warte ich. Es soll ein Abschied werden. Ein schöner Abschied.*

18.

Ich bin aus einem Fischerdorf, das auf der Zungenspitze des Mittelmeers sitzt, mein Sohn. Daher hatten wir genug zu essen. Ich war im großen und ganzen zufrieden und glücklich, weil mir nichts fehlte. Natürlich war unser Leben auch mit vielen Sorgen behaftet, aber es hat sich im Rahmen des Erträglichen gehalten. Abends habe ich mit den Wonnen des sanften Meeres geatmet, ich war eins mit dem Meer, der Sonne, mit dem Wind und dem Mond. Verstehst du das, teuerster Sohn? Das schien der Lauf der Dinge und der Lauf des Lebens. Bis eines Tages diese Welt umkippte. Auf einmal stand alles auf dem Kopf, regelrecht auf dem Kopf, wir, die Menschen, die aus dem Meer ihr Leben bekommen, auch. Die Füße ragten nach oben, und der Kopf fußte auf dem Boden. Deshalb vielleicht das Verstummen des Meeres, ich weiß es nicht. Die Weisen streiten sich ganz heftig deswegen. Doch das gibt dem Meer nicht die Sprache wieder, nicht die schillernden Farbenspiele. Und uns führt der Weg nicht mehr zurück in unser Dorf. Gleichzeitig haben sich zwei merkwürdige Sachen ereignet. Alle Fische entlang der Küste, die die Fundamente unseres Dorfes und unseres Lebens waren, haben urplötzlich eine seltene Krankheit bekommen, die Flossenschimmel heißt. Im Nu war der Meeresspiegel ein Leichentuch. Mit tiefer Trauer erfüllt hat das Meer in seinen Armen Schwärme toter Fische gewiegt. Sofort danach ist ein Mann ins Dorf gekommen, der sehr freundlich sein wollte. Er hat uns Hilfe angeboten. Er hat ständig davon gesprochen, daß der Fischfang im weiten Meer immer noch möglich war, weil dort die Fische gesund geblieben wären. Und wer das nicht glauben wollte, sollte es mit eigenen Augen sehen. Dazu hat er uns seine eigenen Boote angeboten, es waren zwei, aber viel größer als die unseren. Er hat gesagt, diese Boote seien für das weite Meer gebaut worden. Viele Fischer sind mißtrauisch geworden. Sie haben gesagt: Die Krämer in der Stadt sind genau so: Erst bieten sie dir etwas nur zum Probieren an, damit du es dann kaufst. Aber dieser Mann wollte für das Probieren kein Geld, er sagte, er wolle nur gerne helfen. Die Not hatte bereits sechs Fischer weich gemacht; sie sind in die zwei riesigen Boote gestiegen und ausgefahren. Erst nach zwei Tagen und einer Nacht sind sie zurückgekehrt, und der Bauch des Bootes war voll mit frischen, dickeren Fischen. Sie konnten dreimal mit dem Boot ausfahren, dann aber ist der Mann gekommen und hat gesagt, daß er weiter muß; er könnte aber die Boote verkaufen, und jeder, der ein Boot für das weite Meer haben wollte, konnte es sich bei ihm kaufen. Viele haben so ein größeres Boot gekauft und deshalb Schulden gemacht, mancher hat sogar das eigene Haus verkaufen müssen und ist anschließend in eine Hütte an einem ungünstigeren Platz, den Felsen zu, gezogen. Der Mann hat alles genommen, Hauptsache, er konnte seine Boote verkaufen. Und da niemand Geld hatte, zahlten alle auf Raten und mußten daher mehr Fische fangen als notwendig und sie in der Stadt verkaufen. Der Fischfang, mein Sohn, hat sich in der darauffolgenden Zeit als sehr mühevoll und nicht sehr ergiebig erwiesen, die Not hat sich im Dorf ausgebreitet, weil viele Fischer ihre Schulden nicht bezahlen konnten. Außerdem haben die Familien mehr gelitten, weil die Männer nun tagelang auf Fischfang geblieben sind, abends konnten wir das auch an den leeren Plätzen am Strand ablesen. Dann ist der Mann noch einmal gekommen, diesmal mit Motoren für unsere Boote. Er hatte leichtes Spiel, weil es sehr mühevoll war, in das weite Meer hinauszurudern. Viele haben daraufhin neue Schulden gemacht, obwohl die letzten noch nicht abbezahlt waren, nicht abbezahlt werden konnten, aber jeder von uns hat gehofft, es könnte eines Tages wieder meeresglatt gehen. Zwar konnten wir mit den Booten mehr fangen als bisher, aber nun waren wir in den Netzen der Schulden gefangen und konnten nicht mehr hinaus. In dieser Zeit hat der Mann die gekauften Häuser dem Erdboden gleichmachen und an ihrer Stelle riesige Bauten hochziehen lassen mit Schlafmöglichkeiten für Fremde, aber auch mit Geschäften drin. Manche müden Fischer sind umgekippt und haben sich leicht überreden lassen, für den Mann als Bedienung und Verkäufer zu arbeiten. Jeder hatte plötzlich Angst bekommen, er sei derjenige, der wie ein durchlöchertes Schiff untergeht. So hatte sich eine Habgier entwickelt, die vorher unbekannt war. Und der Platz am Strand, wo tagsüber die Netze lagen und abends alle gegessen hatten, wurde immer leerer. Jeder begann so lange zu arbeiten, wie er konnte, entweder um die vielen Schulden zu bezahlen oder um Geldscheine zu sammeln. Durch die neuen Bauten sind dann viele Fremde gekommen. Sie sind immer drei, vier, manche sogar sechs, sieben oder auch acht Wochen lang geblieben, manchmal nur an Sonntagen, ohne einen Finger zu rühren. Sie sind aus der Stadt gekommen und brachten von dort viele Gegenstände mit. Abends füllten sie die Gassen, und nachts haben sie nur getrunken, gegessen, gejohlt, Dreck ins Meer geworfen und geschrien. Tagsüber haben sie sich dort an den Strand gelegt und geschlafen, wo wir einst Netze zum Trocknen ausgelegt, oder sie füllten das Meer mit Lärm. Anstatt der Boote und Netze waren nun nackte Menschen zu sehen, die nichts als Müßiggang im Sinne hatten. Ich habe die Welt nicht mehr verstanden und nicht nur ich, glaub' mir, mein Sohn. Auch das Dorf hat in kürzester Zeit ein anderes Gesicht bekommen: Viele der anderen Häuser sind niedergerissen worden, und an ihre Stelle sind entweder diese Bauten getreten, die sie Hotels nennen, oder umzäunte Häuser. Wo wir nie einen Hafen gebraucht hatten, ist nun einer gebaut worden, aber nicht für die Fischer, sondern für die Boote der Leute, die nur vier Wochen im Jahr dort sind, und diese Boote sind unnütz im Meer, die Leute, die sie benutzen, schließen ihre Augen und tun nichts. Ich denke, daß diese Menschen blind und taub sind. Nun, mein kleiner Freund, seitdem hat für die Menschen, die vom Meer und von den Fischen lebten, die Emigration angefangen. Und seitdem ist das Meer verstummt. So ist das Dorf zwar belebter als früher; aber in den Häusern, in denen wir gewohnt haben, sind diese Menschen, und wir sind zerstreut und verloren im Ausland. Und du hast es gesehen, mein Sohn: Auch hier versuche ich, nach dem Meer zu lauschen. Und da ich es nicht mehr hören kann, lausche ich dem Meer der Erinnerungen, die in mir geblieben sind. Eines will ich dir noch kurz erzählen, mein teuerster Sohn. Der Mann, der so hilfsbereit war und uns seine Boote angeboten hatte, war der Sohn eines großen Tankerbesitzers und Schiffbauers. Das habe ich in der Fremde entdeckt. Ich habe sein Bild in einer Illustrierten gesehen. Und da habe ich mich erinnert, daß an dem Tag, an dem das Meer ein Leichentuch wurde, ein riesiges Schiff draußen im Meer gelegen hat. Ich habe erst nur den Turm gesehen, dann aber das ganze Schiff, es war schmal und lang wie eine schwimmende Schlange. Das wollte ich dir noch erzählen, mein Sohn. Morgen reise ich ab, für immer, deshalb wollte ich für dich das sein, was für mich das Meer immer gewesen ist. Und wenn du heute abend kommst, werde ich noch kurz über das Meer sprechen.

19.

Neues? fragte Dagmar, gibt's bei dir was Neues?

Mamo erschrak, sie war ihm zuvorgekommen. Um abzuchecken, ob sie es herausgekriegt hatte oder sie aus seinem Verhalten etwas spürte, wollte er die erste Frage stellen. So ergriff er die Flucht nach vorne, indem er seinerseits fragte: Hast du gehört, daß die Regierung plant, die Hälfte der Ausländer durchzusieben? Und ab damit?

Sie nickte. Seit wann, warf sie dann ein, interessierst du dich für solche Probleme?

Das traf ihn, weil sie ihm dadurch bewußt machte, wie er

früher gewesen war. Er mußte doch wie Pasquale gewesen sein, so auf der gleichen Welle gefunkt haben, er konnte es sich nicht anders vorstellen. Und daß er sich in der letzten Zeit geändert hatte, gewaltig geändert haben mußte. Andererseits war er erleichtert, denn sie hatte damit ausgedrückt, daß sie noch ahnungslos war. Eigentlich wollte er nach seiner Frage dann loslassen: Bei dieser Hälfte bin ich auch; aber in scherzhaftem Ton wollte er es ihr sagen, um zu sehen, wie sie reagierte. Das konnte er dann doch nicht über die Lippen bringen und schwieg also; sie küßten sich, und er hatte dann seinen Arm um ihre Hüfte gelegt.

An den anderen Paaren, die im Park spazierengingen, fiel ihnen auf, wie jung sie aussahen. Es wehte eine leichte Frühlingsbrise vom Westen her, und der Himmel war mit Wolken stark behangen. Sie spazierten den schmalen Parkweg entlang, der von hohen Bäumen und gepflegtem Rasen gesäumt war. Ihm wurde bewußt, daß sie zum letzten Mal zusammen waren; dennoch zauderte er. Er traute sich nicht. Nicht weil er den Mut nicht gehabt hätte, so glaubte er, so redete er sich ein, sondern weil er sich zutiefst schämte. Er schämte sich ungeheuerlich, daß ihm sowas überhaupt zustoßen konnte; und daß es von seinen Freunden, ja vielleicht von Dagmar selbst als sein Versagen gedeutet werden könnte. Vor allem hatte er befürchtet, daß sie dann mit schlauen Sprüchen gekommen wären: Warum hast du es nicht so gemacht, warum hast du es nicht so gebogen, warum bist du nicht da und dort hingegangen, warum, warum, warum. Das empfand er als widerlich. Und auf Teufel-komm-raus wollte er vermeiden, daß die Hättest-du-so-Sprüche auf seine Ohren einhämmerten. Deshalb mied er seit dem Schreiben den Treffpunkt; und wenn er die Einsamkeit der Bude und der Stadtherumirrereien nicht mehr aushielt und starke Lust nach seinen Freunden bekam, trottete er dann doch hin. Dort sagte er seinen Freunden, er hätte Kopfschmerzen, um nicht reden zu müssen, um nicht in seiner Niedergesacktheit aufzufallen.

Ihm reichte es jetzt, nur zuzuhören, dabei zu sein, solange noch Zeit dazu war. Er spürte sie unentrinnbar abhandenkommen, und so steigerte sich die innere Unruhe zuweilen bis zur Raserei. Mit Dagmar war es etwas anderes. Ihr wollte er es sagen. Er mußte es ihr sagen, aber er schaffte es nicht, die Sache über die Bühne zu bringen. Er hatte Angst. Und er wünschte sich, daß sie es schon erfahren hätte; so hätte er es ihr nicht zu sagen brauchen, könnte sich die ganze Mühe mit den Erläuterungen der Zusammenhänge ersparen.

Nur eine niedrige Mauer zäunte den Park von den Schrebergärten und den Äckern; Mamo faßte Dagmar noch fester um die Hüfte und sprang mit ihr über die Mauer. Der Weg war teilweise schlammig und mit Pfützen bedeckt, und in den Gärten wuchs noch wenig, nur etwas Salat, Zwiebeln und einige Kohlsorten waren zu erkennen.

Hast also mitgekriegt, daß sie über zwei Millionen Ausländer loswerden wollen? fragte er unvermittelt.

Ja, hast du vorhin schon gesagt.

Er holte tief Luft und erkühnte sich, in scherzhaftem Ton endlich zu sagen: Ich bin dabei. Und da sie das tatsächlich als Spaß aufnahm, aber den ernsten Hintergrund spürte, winkte sie ab: Mach' nicht so einen Unsinn. Er machte nun aber eine stockernste Miene.

Sie blieb stehen und ergründete seine Augen, seine Mimik. Du machst Spaß, gell? Und weil er verstummt war, hakte sie nach. Irgendwie schämte er sich, und sein Blick schien vor ihr fliehen zu wollen. Er verneinte dies, es sei ja nur Spaß, erst leise, mit im Zaum gehaltener Zunge, dann lauter und selbstsicherer. Sie machte ein verunsichertes und ungläubiges Gesicht und wurde still.

Arschloch, schimpfte er sich, Dummkopf. Etwas bremste ihn noch. Was war mit ihm los? Was war aus ihm geworden? Er hatte es so weit gebracht, um noch im letzten Augenblick einen Rückzieher zu machen. Was war aus ihm geworden? Wußte er überhaupt noch, was er wollte? Und warum haderte er mit sich selbst? Hatte die Abschiebung vielleicht bereits mit dem Schreiben begonnen? Stück für Stück? Erst seine Seele, dann seinen Körper?

Schweigend überquerten sie ein Getreidefeld, die Bundesstraße zur Stadt und befanden sich anschließend unter blühenden Kirschbäumen; Fliederduft lag in der Luft. Er spürte seine Erregung; der eine Gedanke meißelte sich in seinen Kopf ein; er preßte Dagmar fester an sich und küßte sie, ohne sie anzuschauen.

Was verbirgst du mir denn? fragte sie und spielte mit ihrem Finger an seinen Haaren. Seit einiger Zeit bist du sehr komisch. Du läufst herum mit dem Kopf in den Wolken, du läufst herum mit einem Gesicht, als ob du gerade von einer Beerdigung kämst. Forschend schaute sie ihm in die Augen, er blickte auf ihre Haare, mit einem Finger spielte er an ihrem Jäckchenknopf. Sag' doch, was ist los mit dir, fuhr sie fort, was ist? Ist deinen Alten was passiert? Deinen Geschwistern? Dann nahm sie etwas Abstand; in brüskem, aber etwas scherzhaftem Ton rief sie: Oder denkst du an eine andere?

Aber nein, rief er endlich, winkte ab, und er war sichtlich verärgert. Wie kommst du darauf?

Hast du eine andere?

Hör' doch auf, bullerte er und sagte sich: Ich könnte mir in den Arsch beißen, wenn es ginge, Dummkopf, hättest du es nur gesagt. So beginnst du selbst schon: Hättest du, hättest du. Komm, laufen wir weiter, rief er dann, ich erzähl' dir alles, Punkt für Punkt.

Das feuchte Gras reichte ihnen teilweise bis zum Knie, und die Nässe drang langsam durch die Tennisschuhe. Schwere dunkle Wolken zogen nun am Himmel auf; es schien, als wollte es jeden Augenblick regnen. Er zerbrach endlich die Mauer, die ihn zurückhielt. Stockend und umständlich erzählte er es ihr. Seine Ausführungen wurden nur von ihrem „Ja, ja" unterbrochen.

Dann rief sie zu seinem Erstaunen: Ich folge dir. Ich kündige, packe meine Sachen zusammen und sage meinen Eltern einfach „Tschüß", die haben sowieso nichts übrig für mich, und erst recht nichts für dich als Ausländer.

Ich bin kein Ausländer, konterte er sehr gereizt. Hörst du? Bin keiner, wollt ihr das nicht verstehen? Genau wie die Behörden.

Schon gut, schon gut, beschwichtigte sie. Die sehen dich halt so, ich nicht, meine Eltern sehen dich so, ich niemals, okay?

Er fing sich und fragte dann: Würdest du das wirklich tun?

Ja, antwortete sie entschlossen. Ich folge dir. Und sie strich ihm über die Stirn. Wenn du hier nicht bleiben darfst, muß ich doch bei dir bleiben. Und sie näherte sich seinem Mund, ganz zart legte sie ihre Lippen auf seine. Sie waren kalt und etwas feucht wie die Luft; und beide suchten die Wärme des anderen.

Sie schlenderten noch eine Weile herum und gelangten zu einem asphaltierten Landweg, der durch Obstgärten führte; die Luft war erfüllt vom Blütenduft, und Dagmar sog sie ein mit Genuß. Mamo dagegen schien nichts wahrzunehmen; sein Blick haftete auf dem Asphalt, als wollte er dort Wurzeln schlagen.

Es wurde spät; sie machten kehrt. Dagmar hatte zigmal beteuert, daß sie mit ihm in seine Heimat gehen würde, hatte dann die Einzelheiten des Planes ausgemalt, aber Mamo blieb stumm. Sie spürte, daß irgend etwas nicht stimmte, daß ihn noch irgend etwas betrübte, und fragte: Was ist, Mamo?

Nichts, sagte er trotzig, und sie liefen weiter.

Ist es nicht okay, daß ich ...

Doch, doch. Mamos Stimme wirkte aber verlegen.

Du verschweigst mir noch was, hakte sie nach, hielt inne und zwang ihn stehenzubleiben; dann zog sie ihn an sich. Sag' doch endlich, was ist?

Mit einem scheuen Blick streifte er flüchtig ihre Augen. Du kannst es nicht verstehen, sagte er halblaut, du wirst mich nicht verstehen. Er stockte.

Denkst du, wir finden uns dort nicht zurecht? fuhr sie fort; sie wollte es aus ihm herauslocken, sie wollte es erfahren; deshalb unterdrückte sie ihre Frage: Warum sollte ich dich nicht verstehen?

Das zuerst, entgegnete er nach einer kurzen Pause. Ich habe das Dorf meiner Eltern bisher nur einige Male gesehen. Es ist schrecklich, ich fühle mich dort eingeengt, überall kontrolliert. Mit seinem Blick überprüfte er ihre Reaktionen und fuhr mit rascher Zunge fort: Ja, ich fühle mich nicht wohl dort; und du wirst dich auch nicht wohl fühlen, bestimmt. Du mußt es erleben, echt; wir sind nicht verwurzelt dort und werden bestimmt unglücklich, glaub' mir. Seine Stimme überschlug sich fast; aufgeregt beobachtete er ihren Gesichtsausdruck. Vor allem gibt's dort kein Brot für uns, verstehst du, keine Arbeit!

Überraschung zeigte sich auf ihrem Gesicht. Sie verzog den Mund. Laß' es uns wenigstens probieren, murmelte sie zaghaft, zu zweit werden wir es schaffen, bestimmt. Ich werde auch arbeiten, alles, was zu machen ist. Auch deine Eltern sind jung hierhergekommen und haben Deutschland vorher nicht gekannt.

Mamos Blick lag noch auf Dagmars Gesicht, hängte sich dann aber an ihre Haare; er streichelte sie. Und wieder zauderte er. Sollte er weiterreden? Ihr sagen, daß sie eine träumerische Vorstellung von dort hatte? Daß sie von Arbeit sprach, ohne zu ahnen, daß es dort überhaupt keine Arbeit gab, hundertmal schlimmer als hier? Und sollte er ihr auch sagen, daß er für sich einen Raum brauchte, um sich zurückzuziehen. Also, daß er Zeiten hatte, in denen er für sich sein wollte, in denen er nachdenken wollte? Dort hätte er nicht für sich sein können, er hätte bei den Eltern wohnen und all ihre Ratschläge anhören müssen. Er hatte ja nichts dort, weder einen Raum, noch eine Arbeit, weder die Sprache, noch einen Sinn. Und er wäre dort wieder unter die Obhut seiner Eltern geraten, wovon er sich eigentlich seit Jahren befreien wollte. Und diesmal auch noch zu zweit. Das konnte und das wollte er auch nicht; denn inzwischen war es so weit gekommen, daß er allein sein konnte. Nein, nein.

Und es gab noch etwas, was für ihn schwer verkraftbar gewesen wäre, ja sogar schwerer verkraftbar - hätte er ihr das auch sagen sollen? Ja, überhaupt sagen können? Was sie vorschlug, roch für ihn nämlich wieder nach Flucht. Er wollte aber nicht mehr fliehen. Nie mehr. Zu spät, sagte er sich, indem er an das Schreiben dachte, aber er dachte auch an das Sprichwort: Besser später als nie. Er wollte einfach keine Flucht mehr, das war ihm klar geworden. Wäre er geflohen, vor den Häschern geflohen und weg von all den Menschen und Dingen, die inzwischen ein Stück von ihm geworden waren, dann hätte er bestimmt nur noch mit einem Klotz im Magen gelebt. Er wollte nicht herumwandern in der Welt, so wie das Scherbengericht es wollte. Seine Eltern mußten das schon, sogar zweimal, einmal, als sie in die Bundesrepublik einwanderten, und jetzt, nachdem sie abgeschoben worden waren. Er hatte das zweite Mal miterlebt, das langte ihm schon. Wenn andere herumwandern wollen, dann bitte sehr, er nicht. Wenn er schon dorthin hätte gehen sollen, dann hätte er auch mögen wollen. Sie wollten ihn jetzt dazu zwingen. Und würde er es jetzt tun müssen, lief er dann entweder mit gebrochenem Rückgrat herum oder mit tiefer Reue im Herzen? Wäre es vielleicht der Anfang einer größeren Flucht? Er spürte, daß seine anfänglich spärlichen offenen Fragen sich im Handumdrehen von einem Schneeball zu einer Lawine entwickelt hatten; mehr noch: Sie waren eher wie einzelne Fäden, die sich zu einem Knäuel verstrickt hatten, sie waren wie Brombeeren, auf die er sich gestürzt hatte, und mitten im dornigen Gestrüpp war er einfach hängengeblieben. Und sollte er sie jetzt um Unterstützung bitten? Er konnte nicht mehr heraus, das war das Schlimme; sie hätte jetzt nur die Dornen erlebt, ohne etwas tun zu können. Und nun spürte er auch, daß er mit Dagmar eigentlich falsch gelegen hatte; er hatte es bereits früher geahnt, daß sie ihn nicht verstehen würde. Und nun wußte er oder glaubte zu wissen: Sie würde gerade jetzt, ja, jetzt, ihn nicht verstehen. Dies wurde durch das Gespräch zur Gewißheit. Vielleicht hätte sie ihn verstanden, wenn er ihr das Knäuel gezeigt hätte, als noch ein aufknüpfbarer Knoten vorhanden war.

Mit diesen Überlegungen war er wieder bei den Hättest-du-Fragen gelandet, die ihm widerlich waren, weil sie zumeist losgelöst waren von der Realität, in der er lebte. Beim Player hieß es auch nicht 'Hättest du'. Dort hieß es einfach: Hast du oder hast du nicht. Dies hatte immer und immer wieder das Spiel entschieden. In diesem Sinne war das Spiel schwierig, weil eine schnelle Reaktion und Genauigkeit notwendig waren, um zu guten Ergebnissen zu kommen, aber gleichzeitig einfacher, ja, viel einfacher. Es war kein Zufall, daß er mit Evan sofort klargekommen war. Er stellte keine unbequemen Fragen. Er stellte überhaupt keine Fragen. Das tat ihm gut. Denn wer keine Fragen hat, klopft auch keine klugen Sprüche und erteilt keine weisen Ratschläge.

Mit Dagmar war es durchaus anders: Sie kam nicht mit klugen Ratschlägen dahergetippelt, sie drehte es auf eine andere Weise; sie trat mit einem Gestrüpp von Fragen an ihn heran, mit hintersinnigen Fragen. Mit ihren Fragen setzte sie den Zerberus am Eingang seiner Innenwelt gleich K. O. Und mit ihnen rührte sie in seinen offenen Wunden. Das war sein Problem mit ihr.

Nun dachte er, daß der Zug für ihn doch bereits abgefahren sei, und es keinen Sinn hätte, Dagmar zusätzlich zu belasten; diesmal endgültig. Auch litt sie sehr stark darunter, das sah er ihr an. Aber er wollte weder allein, noch mit ihr ins Dorf seiner Eltern gehen. Er wollte überhaupt nicht weg. In seinem Innern bäumte sich alles dagegen auf, einfach zu verschwinden, bloß weil klamme Bürokraten es so wollten zum Wohle eines abstrakten Begriffes oder eines abstrakten Buchstabens, den dieselben Herren auf ihren Mercedes klebten, wenn sie sich die Freiheit nahmen, ins Ausland in Urlaub zu fahren, dort Häuser zu kaufen oder sonstwas anzustellen. Er wollte sich auch die Freiheit nehmen, die Freiheit, zu bleiben. Dabei dachte er vor allem an den Satz von Volker, als er sie aus dem Polizeirevier entließ. Hatte er nicht hämisch und schadenfroh geäußert, dabei sein zu wollen bei der Abschiebung? Hatte er nicht bei der Paßkontrolle höhnisch angedeutet, daß der Paß bald abgelaufen sein werde? Wollte er ihn nicht bereits mit einer Pistole umlegen, wenn er sich nicht entschuldigte? Die Vorstellung, Volker könnte bei dem Abschiebungseinsatz dabei sein, bereitete ihm Wut und Gefallen gleichzeitig. Er legte sich instinktiv die Hand auf den Mund. Die verbotenen Gedanken tauchten wieder auf. Gedanken, die ihm schlagartig seinen Bauch sich zusammenkrampfen ließen und einen Schauder über seinen Rücken jagten.

Was ist denn? fragte Dagmar.

Er besann sich. Gut, es sollte zwar schmerzhaft, doch kurz passieren. Und er sagte sich, daß er nun doch einige Andeutungen machen müßte, um sich dann von ihr zu verabschieden, so schmerzhaft es auch wäre, aber es wäre besser für beide. Er bekam wieder Mut, sie anzuschauen. Und ihm wurde wiederum bewußt, daß er dadurch auch ein Stückchen für sie mitentschied. Sie hatte ohnehin keinen Einfluß auf seine Entscheidungen. Ein neues Gestrüpp von Gedanken tauchte auf, doch er schnitt es prompt wieder ab wie mit einer Axt, bevor es die Oberhand gewann.

Was überlegst du so lange? bohrte Dagmar.

Er antwortete nicht und schob gleichzeitig seine Hände unter ihre Haare. Er empfand sich unfair dabei, gemein. Wo die Antworten fehlten, holte man humanistische Hülsensprüche hervor oder berührte die Gefühle. Den zweiten Weg hatte er gewählt. Seine Rechnung ging aber nicht auf.

Nicht ablenken, mahnte sie. Du bist mir noch eine Antwort schuldig.
Auf welche Frage? tat er unschuldig.
Auf meinen Vorschlag. Und sie fügte hinzu: Wenn alle Stricke reißen, können wir auch woanders hingehen.
Er wollte fragen: Was meinst du damit? Aber statt dessen streichelte er ihre Haare und flüsterte anschließend: Ich hab's gewußt, daß du es nicht verstehst.
Dann sag' es mir doch endlich, erwiderte sie; und beide verstummten.

20.

Vielleicht verstand Dagmar Mamo besser, als er glaubte; vielleicht hatte sie seine Andeutungen richtig verstanden, und sie redete sich deshalb den Mund wund. Sie beteuerte, daß die Ausweisung doch nur halb so schlimm sei, wenn sie bei ihm bliebe; er nickte, fühlte sich gerührt, wie ein kleines Kind, gab aber sonst kein Zeichen der Zustimmung. Hörst du mir überhaupt zu? murrte sie plötzlich.

Er hatte sich entschlossen zu schweigen aus Angst, er könnte sie wieder verletzen. Aus ihren Beteuerungen hatte er entnommen, daß die Andeutungen über sein Vorhaben sie verletzt hatten, und ursprünglich hatte er sich ein romantisches Happy-End gewünscht, wie in den Filmen, in denen der Mann am Schluß in die Freiheit zog und die Frau winkend und flennend zurückließ. Dann überlegte er und sagte sich, daß das Fernsehen und die vielen Filme ihn eigentlich ziemlich verdorben hätten, womöglich seien sie ein Teil seines Lebens geworden, seines Denkens und Fühlens, ohne daß er davon noch etwas bemerkte. So wünschte er sich jetzt, nichts mehr zu sagen, nichts mehr zu denken, nichts mehr zu fühlen.

Dagmar, die vergebens auf eine Antwort gewartet hatte,

beschleunigte den Schritt Richtung Haltestelle; schweigend lief er hinter ihr her. Sie fühlte sich elend, doch ihm war nicht weniger zum Heulen zumute. Er hielt es nicht mehr aus, erreichte und umarmte sie. Sie sprach es aus; sie sagte, sie sollten doch heiraten, sie liebten sich ja, und dadurch könnte die Abschiebung, wenn nicht verhindert, doch später wenigstens rückgängig gemacht werden.

Mamos Augen leuchteten auf für einen Augenblick, und erloschen sofort wieder. Leise flüsterte er: Zu spät. Aber er sagte sich, vielleicht wäre es ganz schön gewesen. Das Wörtchen 'vielleicht' drückte seinen ganzen Zwiespalt aus. Und nicht nur das.

Dagmar fragte etwas gekränkt, zwischen Verzweiflung und Ärger schwankend, ob er sie überhaupt liebe.

Klar liebe ich dich, erwiderte er, klar, ich würde dich heiraten, und zwar sofort. Indem er das sagte, kam er sich jedoch sofort widerlich vor, weil er ihr nur einen Teil der Wahrheit sagte und dies als die ganze Wahrheit verbriet. Er fürchtete allzufeste Bindungen; er lechzte nach ihrer Nähe, tagtäglich; jedoch nicht zu nahe, sonst entstünde in ihm das Gefühl zu ersticken. Genau konnte er es sich nicht erklären. Nur vage spürte er, daß die Vorstellung, eine feste Bindung einzugehen, ihn schon immer in Panik versetzt hatte. Er hatte Angst, daß der Partner hinterher in den Dingen, die für ihn sehr wichtig waren, dazwischenfunken würde; daß der Partner ständig auftauchte, lamentierte und ihm vorhielt: Das darfst du nicht tun, das darfst du nicht anziehen. Ja, er hatte Angst, daß nach der Liebe die Regelungen, die faulen Kompromisse auf sie beide zukämen. Wenn er daran dachte, fiel ihm immer seine Familie ein, sein Vater. Er wollte nicht so werden wie er; immer still und zurückgezogen; er, der sonst den Söhnen und Töchtern nur Befehle erteilte; und er wollte auch nicht die Mutter mit einer Ersatz-Mutter vertauschen. Seine Mutter selbst hatte er zwar als distanziert erlebt, gleichzeitig aber bis zur Atemlosigkeit beherrschend.

Er war darauf erpicht, solche Komplikationen zu vermeiden. Manchmal hatte er sich bereits ausgemalt, mit Dagmar zusammenzuleben, aber mit klaren Verhältnissen und ohne grobe Einmischungen. Dann hatte er gemerkt, daß er mit der Zeit die ganze Sache etwas lockerer zu sehen begann; er beharrte nicht mehr unbedingt auf diesen Prinzipien, doch auf feste Bindungen mochte er sich noch nicht einlassen.

Er zog sie an sich. Sie lehnte sich an seine Brust und spürte seinen feuchten Körper. Sie waren auf dem Rückweg vom strömenden Regen überrascht worden; Schweiß und Nässe hatten ihre Kleidung durchdrungen.

Er legte seine Hände um ihren Hals, mit dem Gesicht auf ihren Haaren sagte er: Klar würde ich, aber nicht so. Er trat etwas zurück, um ihren Gesichtsausdruck zu betrachten. Nicht so, verstehst du? Das wäre mein Kreuz für das ganze Leben; damit würde ich nie fertig werden, verstehst du? Er holte tief Luft und mit seinem Blick erforschte er ihre Reaktionen. Er empfand Erleichterung, daß er das wenigstens sagen konnte.

Verstehst du, fuhr er fort, daß unser Trauzeuge dann die Ausländerbehörde wäre? Ich habe mir einen besseren Zeugen gewünscht, ehrlich.

Sie hatte alles haargenau verfolgt. Mit enttäuschter Stimme rief sie: Dann liebst du mich nicht.

Er wirkte zerstreut, fragte sich, ob es stimmte, was sie sagte. Natürlich liebe ich dich, sagte er mehr zu sich selbst, doch gleichzeitig überlegte er sich, ob er nicht doch zunächst sich liebe, dann Dagmar und schließlich seine Freunde. Auf diese Frage war er vorher nie gestoßen. Er wollte sich auch nicht den Kopf über jede Frage zergrübeln. Früher war er auch in der Gegend umhergetrampelt, ohne dabei sein Inneres zu durchzustöbern. Als er langsam nicht mehr wußte, wie es weiterging, begann er mit der Selbstzerfleischung. Und jetzt sagte er sich: Schluß damit.

Menschenskind, Mamo! Mußt du immer so kompliziert und umständlich denken? Willst du schlimmer als die Deutschen sein und auf Prinzipien reiten? Mit Prinzipien kannst du nicht leben, nicht lieben. Hörst du endlich? Hörst du? Dagmar schrie es fast.

Er nickte und fühlte sich elend, hutzelig zumute. Auch wenn er es gewollt hätte, er konnte nicht mehr reden.

Sie vergrub ihren Kopf an seiner Brust und heulte los. Oh, Mamo, Mamo, Mamo! Er fühlte ihre Tränen wie zwei Rinnsale. Oh, Mamo, Mamo, Mamo! wiederholte sie, und vielleicht spürte sie, was noch bevorstehen würde, vielleicht.

21.

Dahin geht die Tür, die Treppe, das Tor, die Straße, die Kreuzung, der Bahnhof, das Bahngleis, die Grenze. Sie kleben. Sie kleben auf Türschildern, auf Herzen, sie kleben. Das Wohin. Die Tage schleichen sich in die Nächte, und die Nächte schleichen sich in die Tage. Wartend. Eine leere Tasse, ein Stuhl, der Tisch, ein Mofaspiegel, ein voller Aschenbecher, Asche. Eine Browning. O Dagmar.

Ein wolliges Kuscheltier,
die roten Herzen;
sie ticken im Galopp,
und ich reite
auf elektronisch gesteuerten Tontauben
begleitet mit Zeittropfenklängen.

O Dagmar. Meine Worte hatten keine Türen und keine Fenster mehr gefunden. Und meine Liebe war eingemauert. Vor dir sind sie im Mund erfroren. So fern, so fern, jetzt. Die Türen haben vor mir den Schlüssel verschluckt. Hinter mir: die Prozession der Tage und Nächte. Die verstaubt sind, obwohl der Weg, mein staubiger Weg, kurz gewesen ist. Wartend. O Dagmar.

22.

Der Himmel hatte sich aufgeklärt, die Sonnenstrahlen standen wie schiefe Säulen in der Luft; auf dem Hochspannungsmast über dem Wohnblock hockte eine Turteltaube; weit im Hintergrund hatten sich einige Bäume einen Blütenmantel angezogen; weiße, gelbe und grüne Blütenflocken. Er dachte an ihren Duft. Dagmar war in ihre Farben und Düfte ganz vernarrt. Von der Seite aus dem Nebenhaus, in dem Costas einst gewohnt hatte, seit zwölf, dreizehn Jahren jedoch Ali, der Biedermann mit dem Aktenkoffer, wie er von Mamo immer genannt wurde, und seine Frau wohnten, erscholl eine Opernstimme und liebliche Musik. Bestimmt Mozart. Wenn bei ihnen keine Fernsehkiste lief und auch Mamo bei sich nichts laufen hatte, konnte er aus ihrer Wohnung Wagner und Beethoven kosten. Von unten boxten sich andere Laute hoch: Die Werbespots und die darauffolgenden Schlager aus den Radios, bei Rahma jaulte die deutsche Welle, aber wenn ihr Vater zu Hause war, vernahm man die zarte Stimme der berühmten arabischen Sängerin Feirus, und vom Erdgeschoß, wo eine türkische Familie wohnte, gellte die erotische Stimme des Hermaphroditen Bülent Ersoy hoch, der derzeit unter den Türken so viel Furore machte, weil er ins Gefängnis mußte und die Behörden eifrig berieten, ob Ersoy nun in ein Männer- oder ein Frauengefängnis gesteckt werden sollte.

Mamo warf kurze Blicke auf den Mofaspiegel: Auf der Gasse spielten die Kinder Ball. Er flog über den Rasen, die dort pickende Taube schoß in die Höhe. Mamo hatte eine zeitlang die Flüge der Turteltaube verfolgt. Sie flog ununterbrochen in einem Dreieck: vom Hochspannungsmast am Dach des Wohnblocks zum davorliegenden Rasen, wo sie am Boden pickte, dann flügelte sie sich zum ersten Ast des Laubbaumes hoch und hüpfte langsam zur Krone hinauf, um schließlich wieder zum Mast zurückzukehren. Mamo bekam den Eindruck, daß die Taube wie in einem Käfig umhertrieb, in einem größeren Käfig, ohne sichtbares Gitter vor dem Schnabel.

Er erinnerte sich an den Kanarienvogel seiner Schwester. Er mochte das Tier ganz und gar nicht; ja, er konnte den Vogel und vor allem den Käfig im Haus nicht ertragen, und jedesmal, wenn er die Kiste zu Gesicht bekam oder das gefiederte Tier schmettern hörte, regte er sich auf und begann herumzuschimpfen, was so ein Tier überhaupt im Haus solle, es sei brutal und ohne Mitgefühl, einen Vogel in einen Käfig hineinzuzwingen. Um so weniger konnte er ertragen, daß seine Schwester mit dem Vogel spielte, und das geschah nicht selten. Wenn sie ihn in die Hand nahm, schimpfte er sogar mit ihr. Was Mamo stark beeindruckt hatte, waren die Reaktionen des gefiederten Tiers auf einen Spiegel.

An einem Nachmittag war seine Schwester vom Kaufhaus mit einem Spiegel für den Vogel gekommen, den sie sofort in den Käfig hängte. Es handelte sich dabei um eine Spiegelsäule mit einem Glöckchen darunter. Kaum hing sie im Käfig, hatte der Vogel bereits die Kopffeder gerauft, gellte ganz aufgeregt und attackierte sein Ebenbild. Der Spiegel schaukelte hin und her, das machte das beflügelte Tier noch aggressiver, und mit auf- und abbewegendem Kopf kirrte es dem klingenden Spiegel entgegen. Mamos Vater, der am Tisch ein Micky-Maus-Heft der Tochter durchblätterte und zu lesen versuchte, intervenierte, ohne den Kopf vom Heftchen abzuwenden; er brüllte, man sollte endlich den Vogel in Ruhe lassen und aufhören, ihn zu stören. Die Schwester hörte überhaupt nicht hin und kicherte ununterbrochen.

Der Vogel flatterte unruhig im Käfig hin und her, rannte mit seinem Schnabel gegen den Spiegel, stieß fortwährend und heftig damit gegen sein Ebenbild. Auch die Mutter, die in der Küche Auberginen in Scheiben geschnitten und Tomaten geschält hatte, war ins Zimmer gestürzt und hatte die Schwester aufgefordert, sofort mit dem Lärm und mit der Tierquälerei aufzuhören. Der Vater hinter dem Micky-Maus-Heft bestärkte die Mutter mit lautem und drohendem Brummen.

Auch später beobachtete Mamo mehrmals am Tag aus der Ferne, wie sich der Vogel immer wieder dem Spiegel näherte und sein Auge gegen eine Säulenfläche lehnte. Seine Kopffeder sträubte sich leicht. Er begann zu kirren, und schließlich stieß er heftig mit dem Schnabel gegen den Spiegel.

Die ersten Male hatte ihn der Vorgang so stark beeindruckt, daß er ins Bad zum Spiegel gerannt war, um sich darin mit grimmiger, drohender und angriffsbereiter Gebärde zu betrachten. Daß er dadurch nicht automatisch verleitet wurde, sein Ebenbild anzugreifen, verwunderte ihn. Und er sagte sich, daß er eben für längere Zeit vor dem Spiegel hätte verharren sollen, um vielleicht dann Wut und Angriffslust gegen sein spiegelbildliches Gegenüber zu bekommen. Aber das haute ebensowenig hin: Er verspürte überhaupt keine Aggressionen. Und er kam sich dabei so komisch vor, daß seine Drohgebärde letztendlich in schallendes Gelächter ausartete. Er gab das Spiel auf, als seine Mutter einmal plötzlich ins Bad hereinplatzte und ihn in dieser Pose ertappte. Sie verpaßte ihm eine, faßte ihn am Ohr und führte ihn schimpfend und brüllend zu den noch unerledigten Hausaufgaben zurück.

Er schaute erneut in den Spiegel; die Kinder hatten sich auf den Hof verzogen. Obwohl sie überhaupt nicht mehr zu sehen waren, vernahm man ihr Plärren stärker und lauter als zuvor. Die liebliche Musik aus der Wohnung der Familie Ali untermalte somit die Schreie und Rufe der Kinder; Rahma hatte inzwischen den Oldy 'Strange Days' von den Doors auf ihrem Leierkasten laufen. Rahmas Schwester war in ihrer Wohnung nicht mehr zu hören, vielleicht war sie unten bei den anderen Kindern. Wasser von irgendeinem Klo gurgelte durch die Röhre, und in irgendeiner Küche wurde auf ein Stück Fleisch gehämmert. Es roch schon nach gerösteten Zwiebeln. Er hörte noch die Radios weiter unten, aber nicht mehr die Stimme des türkischen Sängers aus dem Erdgeschoß. Er beschloß, sich Kaffee zu machen. Vorsichtshalber schaute er noch einmal hinaus. Die Strahlensäulen der Sonne waren hinter den Wolken verschwunden, die Turteltaube flog gerade von der Baumkrone zum Mast hinüber, ein Auto hielt an, der Motor wurde abgewürgt. Er erkannte sie. Er erkannte sie sofort. Das auffällige Auto, die Uniformen hinter der Frontscheibe. Nun ahnte er, daß sie für ihn gekommen waren. Daß die Abschiebung, wie es in schönem Deutsch hieß, vollstreckt werden sollte.

Na also, bitte sehr. Ob Volker dabei war, konnte er nicht sofort erkennen. Er rechnete mit ihm. Alis Frau legte eine neue Platte auf, die ersten Laute gelangten durch die Mauer hindurch zu ihm. Wieder eine Oper, es war etwas Pompöses, was er schon öfter aus der Ecke gehört hatte, aber nicht genau kannte. Vielleicht Wagner, weil die Klänge ihn an die Nibelungen erinnerten, aber ganz sicher war er sich nicht. Er inspizierte wieder erwartungsvoll die Straße und das angekommene Auto. Hundertprozentig waren sie seinetwegen gekommen.

Seine Haut kribbelte. Und er wiederholte zu sich: *Es geht also los, laß' also losgehen: Schirm an, die Taste leuchtet.* Und er griff zum Schießeisen und stellte sich schußbereit ans Fenster.

23.

Er hatte mit Volker gerechnet. In den Tagen großer Einsamkeit waren ihm die Vorfälle mit Volker stärker nachgegangen als ursprünglich. Sie spulten sich in seinem Kopf ab, während er vor dem Fenster wartete, er sah sie wie durch ein Vergrößerungsglas, also auch vergröbert. Mit glühender Leidenschaft hatte er gewartet, auf den Moment, wo sie hier unten auf der Gasse auftauchen würden. Nun waren sie da, und er wartete ungeduldig, bis sie endlich aus der Streife ausstiegen.

Zwei Männer. Mamo fluchte. Volker war nicht mit von der Partie, jedoch der andere, der kleine rundliche Ordnungshüter von der Disco. Das Zeichen der Verärgerung auf seinem Gesicht wechselte mit dem Ausdruck der Schadenfreude. *Naja, der Ordensbruder ist dabei, Volker wird also nicht allzuweit sein, vielleicht kommt er beim nächsten Kreuzritternachschub.*

In seinem am Fensterrahmen befestigten Mofaspiegel sah er, wie sie die Klingelschilder absuchten, der kleine rundliche Polizist drückte an das Tor; es war zu. Dann klingelte es endlich an seiner Haustür. Der Ton drang durch seine Haut wie eine Stecknadel und traf ihn voll ins Herz. Jetzt hatte er die hundertprozentige Gewißheit. Er schloß die Augen für einen Augenblick und atmete tief ein. *Na, laß' loslegen. Ich werde euch auf siebentausend Umdrehungen bringen, laß' uns also Gas geben! Der Laden wird nun endgültig heiß werden, tolle Flash Lights, Top Fashion, irre Sounds. Nur schade, daß er nicht dabei ist, wirklich schade. Aber er wird kommen, so wahr ich hier stehe, wird er kommen, bestimmt. Er fühlt sich ja als der deutsche John Wayne, nein: als der deutsche Kojak, und der ist immer dabei, wo was los ist.*

Er riß ruckartig das Fenster auf, streckte schnell die automatische Tötungsmaschine hinaus, zielte auf den kleinen rundlichen Polizisten, der am Tor stand, und drückte ab, zweimal; dann rückte er schnell den Lauf etwas nach links und hatte sofort den zweiten Polizisten im Visier, noch bevor dieser in Deckung gehen konnte. Ohne auch nur den Bruchteil einer Sekunde zu zögern, drückte er wieder auf den Abzug, zog den Lauf aber gleichzeitig etwas hoch, so daß die Kugel etwa einen Meter weiter auf den Asphalt prallte.

Während er das Fenster wieder schloß, sah er noch den Ordnungshüter in Deckung gehen. Nun war er sehr aufgeregt. Das Herz schlug, als wollte es platzen. Die Aufregung breitete sich im ganzen Körper aus, er spürte ein kribbliges Gefühl auf der Haut. Ihm wurde bewußt, daß er einen Menschen erschossen hatte.

Wie bei den Games, wie geschmiert läuft es. Aber aufregender. Da fliegen mir noch die Fetzen der Herzventile auseinander. Den anderen hätte ich im Nu umlegen können, das wäre ein Klacks gewesen, wie beim Shoot Player: tiptip und Flash Lights. Aber was soll's: irgendwas hat mich zurückgehalten. Mannomann bin ich ein Schweißvulkan! Diese roten Herzen gehen mir doch unter die Haut; doch ein gewaltiger Unterschied.

Die Präzision und die ungeheure Schnelligkeit hatte Mamo tatsächlich in den Spielhöllen gelernt; millimetergenau mußte er dort sein, und es mußte in Bruchteilen von Sekunden gefeuert werden, sonst wäre die Figur am Schirm weitergeflogen. Auf dem Video hatte er bisher Abertausende abgeknallt, das stimmte, aber das war doch etwas anderes. Ganz was anderes, wenn er die Tontaube auf der Leinwand zerplatzen sah, oder wenn die Untertassen, die Astrofähre, die Menschenfigürchen getroffen untergingen. Und mit dem automatischen Schießeisen in der verlassenen Ziegelei gestaltete es sich erst recht anders. Es waren nur leere Büchsen, Zielscheiben aus Kreide, verdorrte Äste von einem verstorbenen Baum und dort liegengelassene, defekte Backsteine. Da konnte er sich beim Schießen nichts vorstellen, ganz anders als beim Video, wo die Menschenfiguren sich auflösten.

Eigenartig ist es schon: Wie ein Luftballon hat sich der Körper von Volkers Ordensbruder ausgeblasen; eine Kugel reicht schon, und sie liegen da, wie ein durchlöcherter Ballon. Also, der wird nicht mehr Gastarbeiter mit seinem Handgerät in die Irre führen. Tot. Der Tod, was ist heute noch der Tod? Es wird massenweise gestorben, es wird massenweise getötet, daran stört sich bald niemand mehr. Jeden Tag schüttet uns die Flimmerkiste haufenweise Leichen ins Wohnzimmer, wer regt sich da noch auf? Vom schön gepolsterten Sessel werden die Leichenhaufen mit dem Braten gleich mitgemampft, als ob sie Beilagen wären. Wie Komparsen in einem Al Capone Film oder besser, Komparsen der „Schlacht von Waterloo". Und wenn sich manche doch aufregen und empört sind, dann nur für ein paar Tage. Tags darauf geht der gleiche Trott weiter. Die Menschen sind leer geworden; ich auch. Wenn mich jetzt jemand fragte: Einmal Super für die Seele? würde ich sagen: Nein, danke. Ich fahre jetzt nur noch, solange es reicht. Menschenskind, sind wir Menschen eigenartig: Wir reden über uns anhand der Maschinensprache - ob es früher auch so war? Aber was nutzt mir jetzt das Wissen - ich fahre nur noch solange ich Sprit habe. Ich bin sozusagen nun auf Automatik eingestellt, wie ein aufladbares Püppchen. Schade nur um Dagmar: Sie liebt mich so. Ich liebe sie auch.

Plötzlich mußte er an ihre dünnen rötlichen Härchen über ihren Lippen denken. Sie schimmerten, ja leuchteten, wenn Licht sich auf sie ergoß. Sie schienen zu schwingen, wie Tanzende, wenn sie sprach. Und wenn er Dagmar küßte, versuchte er zuweilen, die Härchen mit den Lippen zu spüren, sie zu fühlen. Aber es war vergebens. Und nun erschienen sie ihm so fern, und doch so nahe.

Ich werde sie nicht wiedersehen, nie mehr. Vielleicht hätten wir doch bald geheiratet, vielleicht. Und ich hätte vielleicht wieder in die Bundesrepublik kommen können. Oder auch nicht. Da steckst du nie drin. Wenn du mal 'raus bist und sie dir adieu an der Grenze gesagt haben, kannst du toben, soviel du willst. Habe ich schon mal gesagt: Illusionen. Mit der Arbeit habe ich mir auch Hoffnung gemacht, und es war alles für die Katz. Nein, nein, Schnitt, Stop. Mensch, wo habe ich das her: Niemand will dich ermorden, aber du bist halt ermordet worden. Wo habe ich es her? habe ich es eben erdichtet? *Ein Gedicht habe ich heute morgen bereits geschrieben. Wer hätte das gedacht; bevor ich in die ewigen Jagdgründe befördert werde, wurde ich Dichter.*

Im Mofaspiegel sah er den regungslosen Körper vor dem Eingang des Wohnblocks. Er erhob sich, und durch die Gardine bemerkte er an der Straßenecke eine alte Frau gestikulieren, hinter ihr eine ganze Reihe von Neugierigen, die heftig wetterten, und mancher wies mit dem Finger in seine Richtung. Der dem Tod entkommene Polizist eilte herbei, ständig hinaufschauend, dahin, von wo die Schüsse vermutlich gekommen waren, und versuchte, die Menschen außer Schußweite zu bringen.

Der hat bestimmt schon Verstärkung herbeigerufen. Es wird bestimmt noch eine Weile dauern, bis sie kommt. Macht ja nichts, ich habe Zeit, sehr viel Zeit, jetzt, da für mich Jahre zu Minuten geworden sind. Auch für Costas hatte die Zeit offenbar keine Bedeutung gehabt. Und er zog die Tötungsmaschine fester an sich. Dann holte er sich ein neues Magazin vom Tisch und lud das Gewehr neu auf.

24.

Es war mausestill im Wohnblock, ab und zu ein Wasserhahn; eine ungewohnte Ruhe. Alles seinetwegen; welch ein Aufruhr - er mußte grinsen. Draußen war die Turteltaube verschwunden, vertrieben, von den Schüssen offenbar zu Tode erschreckt; und auch die Menschen an der Straßenecke wirkten blaß; sie gestikulierten noch immer, sehr ungewohnt für eine deutsche Straßenszene.

Seine Aufregung ließ langsam nach, und ein Gestrüpp von Gedanken begann zu sprießen. Um an nichts mehr zu denken, schaltete er den Fernseher an. Bis sie kommen, dürfte es noch eine Weile dauern, solange würde er die Straße im Auge behalten. Auf dem Bildschirm die Bundestags-Debatte. Der Kanzler, ja, der neue Kanzler in aufgesetzt gelassener Pose; sein Blick geheftet wie eine Blattlaus auf die vor ihm liegenden Papiere, nur ab und an gerichtet auf die Zuhörer. Bei solchen Gelegenheiten nahm er immer den Ton eines Pfarrers an und machte ein bittendes, um Zustimmung heischendes Gesicht. Offenbar war der Hauptteil seiner Rede zu Ende; denn er sprach inzwischen über die Behandlung der Sondergruppen. Für jede Gruppe fand er einige Worte, die Ausländer kamen in den Genuß, aus dem Munde des Kanzlers die Ausweisung angedroht zu bekommen: Die Förderung der Rückkehrbereitschaft ...; die Ausweisungsmöglichkeiten erweitern ...; uns um noch mehr Toleranz zu bemühen ... Mamo konnte es nicht mehr hören und drehte den Ton auf Null.

Welch ein Zufall, der Kanzler hetzt auf der Kanzel, predigt Haß und schmückt alles mit schönen Worten, gleichzeitig wird meine Abschiebung vollzogen, und ich knalle seine Diener von diesem Fenster aus ab, welch ein Zufall. Und wo bleiben die aufgewärmten Sprüche über die liebe zweite Generation? Wo bleibt das Alibi? Braucht ihr das nicht mehr? Ich auch nicht. Ich brauch' überhaupt nichts mehr. Ich bin schon genug geölt worden. Ich war viel zu blöd und habe zu viele Sandmännchen im Kopf gehabt.

Es war ihm wieder eingefallen, daß er immer daran geglaubt hatte, was immer sie ihm auch gesagt hatten; er hatte es sogar stärker geglaubt als seine Eltern. Die Eltern redeten von Sachen, die er nicht verstand; und wenn sein Vater sagte: Wir sind Gäste, wir haben uns als solche zu verhalten, verstand er es erst recht nicht. Er konnte es nicht verstehen, heute sogar noch weniger als gestern. *Ich bin kein*

Ausländer! Ich will kein Ausländer sein! Nicht nur, weil ich hier geboren bin und ich diese Sprache spreche, bin ich kein Ausländer! Hörst auch du, Dagmar? Hört endlich alle! Ich hätte auch auf einem Haufen Scheiße geboren werden können, und weiter? Ich bin kein Ausländer, hört ihr? Nicht zweite Generation, kein Problem, keine Belastung! Ich bin Mensch, Mensch, Mensch! Hört ihr? Nur tot könnt ihr mich abschieben, das sage ich euch! Er bemerkte plötzlich, daß er ans Fenster getreten war und seine Worte hinunterschleuderte.

Die Versammelten an der Straßenecke starrten zu ihm hinauf; ihre Stimmen wurden laut, heftiger und verdichteten sich zu einem Gewirr. Aus dem Knäuel heraus ein kreischendes: Das ist er, das ist der Mörder!

Der Hüter der Ordnung hielt seinen Revolver hoch, zielte in Richtung Mamo. Scheiße! Mamo floh in Deckung, griff zum Gewehr und zielte hinter der Gardine auf die Frontscheibe des letzten auf der anderen Seite parkenden Autos. Er knallte mit Automatik, panikartig verließen die Versammelten die Ecke.

So werden sie mich in Ruhe lassen, bis Verstärkung kommt. Dann gibt's endlich Zoff! Warum kommt das Fernsehen nicht? Da können sie 'Tatort' live drehen; ist das nicht toll? Sie sparen dabei eine Menge Money, Schauspielerkosten, Komparsen, Drehbuch und so. Und am Schluß kriege ich gewiß einen Orden vom Bundespräsidenten, so ein Bundesverdienstkreuz, weil ich den Fernsehanstalten zu dicken Ersparnissen verholfen habe. Ich kann sogar den Titel vorschlagen: „Abschiebungskugeln aus dem vorletzten Stockwerk", ist das nicht was?

Bestimmt werden sie da unten sagen, das war ein Verrückter. Oder: Der Junge ist auf der schiefen Bahn, ist eine Bestie, ein Verbrecher. Na und? Sollen sie, sollen sie nur daran glauben! Jetzt kann sich das Volk wieder aufgeilen und einen Blutorgasmus kriegen, die Zeitungen werden schon dafür sorgen. Bild an erster Stelle. Die wird bestimmt sagen, sie war dabei. Mit der Schlagzeile: Letztes Interview mit dem Meuchelmörder!

Motive und Hintergründe. Die wissen schon alles im voraus. Es gibt überhaupt keine Wahrheit heutzutage. Immer wird der Spieß umgedreht. Du wirst gepeinigt und gequält, dann beschweren sie sich, wenn du dich wehrst.

Die Glocken läuteten die halbe Stunde; noch nie, seit Mamo hier wohnte, waren sie ihm so deutlich und klar erschienen wie jetzt. Auch das Pfeifen des Windes am Beton vorbei war hörbar, wie sonst nur nachts. *Ich verderbe heute den Leuten im Wohnblock die Mahlzeiten. Morgen geht für sie sowieso der gleiche Trott weiter, wie gehabt.*

Plötzlich spürte er draußen einen größeren Aufruhr. Er lugte hinaus. *Ob sie schon da sind? Unmöglich, die Ordnungsritter sind immer korrekt und fair: Sie kündigen sich immer an, immer melden sie sich vorher an.*

25.

Meine Augen haben gern nach den Klängen des Meeres getanzt, und meine Seele hat in diesen Farben und Tönen gebadet. Das war jedoch nur möglich, weil die Bäuche unserer Boote gefüllt waren. Natürlich ist die Nahrung nicht von selbst in unsere Münder geflogen, wir mußten hart anpacken, Tag für Tag, aber wir haben auch gewußt, daß das Meer als unser Lebensgefährte mit uns nie geizig war. Wir waren wie Vögel, und das Meer war eine Wiese. Eine große weiche Wiese. Und wir sind mit unseren Booten darauf gehüpft und haben unsere Schnäbel hineingesteckt und uns nur das genommen, was wir zum Leben gebraucht haben. Manchmal war es nicht einfach, mein Sohn; wir mußten ständig unsere Schnäbel hineintauchen und sind zuweilen auch mit leeren Schnäbeln und leeren Bootsbäuchen zurückgekehrt, aber das hat zu unserem Leben gehört. Wir haben ja gewußt, daß wir arbeiten mußten, bis das Salz unseres Schweißes mit dem des Meeres verschmolz. Unser Dorf hat nur Fischer gekannt, mein Sohn; natürlich haben auf dem Land einige Menschen gearbeitet, haben auf ihren Feldern Gemüse angepflanzt und Trauben, haben Hühner und Hammel, Milch und viele andere Kostbarkeiten gehabt. Das hat alles als Bereicherung gedient, wir haben immer getauscht. Aber meine Eltern und Großeltern und die Eltern meiner Großeltern haben nur das Dorf, die Fische, die Muscheln, das Meer und den Wind gekannt; der Mond und die Sonne waren unsere treuen Lebensgefährten. Auch ich habe nichts anderes gekannt, aber es war viel, weil wir am Abend an den Lippen des Meeres gesessen haben und den Novellen lauschen konnten, den Novellen, die uns unsere Lebensgefährten Tag für Tag erzählten. Alle im Dorf machten das: Abend für Abend haben wir mit unseren kleinen Stühlen uns dort versammelt und haben neben den Netzen, die zum Trocknen aufgehängt waren, mit dem Rücken zum Dorf gesessen. Ja, wir haben der Stimmung des Meeres gelauscht, mein Sohn, mein liebster Mamo, und wir haben das Zirpen der Wellen verfolgt, die uns den Schlüssel des Lebens gaben. Es waren manchmal fröhliche, manchmal traurige Geschichten, aber immer mit Leben erfüllt. Ja, sie füllten unsere Seelen mit Leben, wie die Schaumkronen das Meer mit Leben füllen. Denn die Schaumkronen erheben sich über den Wasserspiegel, beschnuppern und befühlen die Luft über dem Meer, sie umhüllen die gute Luft, um dem Meer und seinen Bewohnern den Atem zu geben. Und wie oft, mein Sohn, habe ich in meinem Handteller schäumende Wonnenkronen gehalten. Sie haben mir dort strahlende Kantilenen gesungen; sie sangen von Sandkörnern, die im Lichte gesättigter Fangnetze zu Perlen wurden. Oder auch von Meerestropfen, die uns ihre silbernen Salzsteinchen zurückließen und dorthin wanderten, wo die Erde sie brauchte. Denn das Meer und seine Wonnen lieben die Erde, sie lieben nicht nur die eigenen Anwohner. Wenn das Meer sich zu seinen Lippen wellt, dort, wo wir sitzen und es mit unseren Augen begleiten, dann wird es langsamer, zarter, weicher; die Wogen werden lieblich, zärtlich und streicheln nur noch den unter ihm liegenden Grund und seine Bewohner. Ja, mein Sohn, wenn du in mein Dorf gekommen wärest, hättest du feststellen können, daß das Meer immer große Rücksicht auf die unter ihm liegende Erde nimmt. Wenn sich das Meer sammelt, wie ein Igel, um auszuruhen, so kannst du den noch nassen Sand sehen; er hat viele schmale Furchen; das waren die Wonnen, die mit dem Boden gespielt haben. So ist es, mein Sohn, das Meer ist sehr rücksichtsvoll und fürsorglich zu seinen Gefährten, das kann sich der Mensch von den anderen nur erträumen. Wenn du einmal auf den Meereslippen gehst und dort deine Augen über die Meeresoberfläche tanzen läßt, dann wirst du beobachten können: je mehr sich die Wellen den Lippen des Meeres nähern, desto größere Buckel machen sie. Verstehst du das? Ich will es dir genau erklären, mein Sohn. Weit draußen macht das Meer einen kleineren Buckel, weil es dort tief, sehr tief ist und der Meeresboden nicht von den Wellen berührt wird, ja, nicht berührt werden kann; je mehr sich die Wellen jedoch auf uns zu bewegen, desto niedriger wird das Meer. Deshalb heben sich die Wellen und krümmen sich zu einem Buckel, um dem Meeresgrund und seinen Bewohnern nicht weh zu tun. Verstehst du jetzt, mein Sohn, mein liebster Mamo? So streichelt das Meer die Fische, die Muscheln, die Pflanzen, die Weichtiere, aber auch die Krustentiere, obwohl die es gar nicht merken; und es gibt ihnen zu essen und uns. Unser Meer ist sehr sanft, sehr lieb und rücksichtsvoll, liebster Sohn. Wenn nur die Menschen so wären wie das Meer und soviel Rücksicht hätten! Wir wären nicht hier, glaube mir das. Natürlich kann das Meer sehr wütend und böse werden. Und wenn es wütend und böse wird, muß man sich in acht nehmen, weil es keine Gnade kennt. Aber es ist meist so gütig, daß es uns vorher warnt, so daß nur der eine böse Überraschung erlebt, der es nicht kennt oder nicht liebt. Wird es wütend, so hat es immer einen Grund dafür. Wenn du es an seiner Bewegungsfreiheit hinderst oder anders in seinem Leben einschränkst, zum Beispiel, wenn du es verletzt, tiefe Wunden in seine weiche Haut schlägst. Oder wenn du es hemmungslos ausplünderst, oder schlecht behandelst. So ist es, mein Sohn, es gibt so viele Gründe, die es zu wütenden Handlungen verleiten können, aber eine Regel, die du dir auch merken sollst, ist gewiß: Je tiefer sich der Schmerz in die Mitte des Herzens bohrt, desto wütender wird das Meer. Es kann durchaus sein, daß das Meer nicht immer sofort reagiert, es kann sein, daß die aufgestaute Wut auf einmal hervorbricht. Deshalb hat das Meer, das ich sehr liebe, auch seine Schwächen. Es passiert oft, daß seine Wut die Falschen trifft. Das ist eine große Schwäche des Meeres: Wenn es wütend, sehr wütend wird, wird es blind und trifft auch die Falschen. Verstehst du das, mein teuerster Sohn? Ich lasse meine Blicke tanzen, auch wenn das Meer wütend ist. Ich sitze nur weiter zurück, am Dorfeingang, lasse meine Augen über die schäumenden Wonnen schweifen und meine Ohren nehmen das Getöse des verärgerten Meeres auf. Ich darf nur vorsichtig davon kosten, weil die Worte hart und brutal sind. Von lieblicher Sanftheit des Meeres ist nichts mehr zu spüren. Und ich habe es gehört: Das Meer sprudelt vor Haß, es schäumt über in seinem blinden Haß. Und dann weiß ich, mein liebster Sohn, das Meer ist sehr schwach geworden. Und seine Schwäche macht es noch verletzlicher, noch empfindlicher. Denn, du darfst es nicht vergessen, mein Sohn, weil es für das Leben wichtig ist, der Haß ist die Waffe der Schwachen. Du verstehst es richtig, mein Sohn, und das sage ich dir als Fischer, der nur das Meer gekannt hat, bevor die Emigration mich in die Fremde getrieben hat. Und ich sage es dir noch einmal: Der Haß ist die Waffe der Schwachen. Das Meer hat gehaßt, wild gehaßt, in seiner blinden Wut. Deshalb hat die Erde an ihren empfindlichsten Stellen Felsen aufgetürmt, um sich gegen das brausende Meer zu schützen. Und diese Felsen können dir auch Novellen über die Wut des Meeres erzählen; sie alle tragen sogar die Zeichen dieser Wut in ihrem Gesicht.

26.

Und sie kündigten sich an. Heulend, eine ganze Reihe Streifenwagen. Die Straße wurde an beiden Enden abgeriegelt, Posten wurden an die Absperrungen gestellt, die Leute außer Schußweite getrieben. Männer mit Gewehren, Pistolen und Schutzhelmen rückten heran und verstreuten sich hinter den verschiedensten Deckungen, manche hinter den geparkten Autos, andere in dem gegenüberliegenden Block. Ihren Versuch, in den eigenen Wohnblock einzudringen, wehrte Mamo vom zweiten Fenster mit einer geballten Ladung aus der Automatik ab. Aber nun war es klar: er konnte sich nicht mehr ans Fenster stellen, die Scharfschützen hatten sich möglicherweise bereits postiert und würden ohne zu zögern losballern. Ihm war auch klar, daß sie kugelsichere Westen hatten, Tränengaspistolen und vielleicht das berüchtigte CS-Gas.

Er hatte bemerkt, wie sie den Ort erkundeten, wie Blinde; sie tasteten die ihnen unbekannte Umgebung ab. Er schmunzelte über den Vorteil, den er für sich spürte; denn er war hier auf diesen Plätzen aufgewachsen und kannte Ecke für Ecke, Kante für Kante. Als Kind hatte er zigmal Räuber und Gendarm gespielt; und mit anderen Kindern hatte er die Dachkammern durchstöbert, war in die Dächer hinaufgestiegen, hatte Steinchen und Kartonkugeln aus den Dachluken hinunter auf die Passanten plumpsen lassen, den Hausmeister damit verärgert, der hinaufsteigen mußte, um sie im verwinkelten Gebälk zu suchen. Gut, aber sie werden gleich Herr der Lage werden, sagte er sich. Wie dem auch sei, er fühlte sich vorbereitet.

Er holte die Gasmaske aus dem Schrank und weitere Magazine und stellte sie griffbereit auf den Boden. Vorkehrungen hatte er schon getroffen; er hatte sich die Szenen in seiner Phantasie zigmal vorgespielt. Leicht werden sie mich nicht kriegen, hatte er damals zu sich gesagt; und er mußte grinsen bei der Erinnerung.

Er hatte zwar die Tötungsmaschine, aber nicht genug Magazine, und mußte deshalb Evan Walker aufspüren. Drei Abende hintereinander hatte er deshalb die Spielhölle aufgesucht, von Evan keine Spur; ihm wurde langsam bange. Zwar wußte er, in welcher Kaserne Evan stationiert war, doch befürchtete er, ihn in Schwierigkeiten zu bringen wenn er nach ihm fragen würde. Bestimmt dann, wenn er seine Absicht ausgeführt und Augenzeugen eventuell eine Verbindung zu Evan hergestellt hätten. Aber zur Not wäre er auch hingegangen. Oder hätte versucht, von anderen US-Soldaten das Zeug zu kriegen. Die Zeit drängte langsam, und Mamo dachte auch daran, mit eben den zwei Magazinen, die ihm noch von der Übung im Winter übrig geblieben waren, auf die Häscher zu warten. Wenn alle Stricke reißen, könnte er sich auch eine andere Waffe besorgen, deren Munition leichter zugänglich war. Zu der Zeit ging Mamo noch in aller Frühe auf den Obst- und Gemüsemarkt, ein paar müde Mark für seine täglichen Besorgungen zu verdienen, anschließend legte er sich bis Mittag ins Bett. Am Nachmittag, nach dem Essen, trieb er sich lange in den Feldern und im Wald am Stadtrand herum; und diese Nachmittage, Abende und Nächte waren die schlimmsten. Die Zweifel stocherten immer tiefer in seinen Gedanken. Am vierten Abend erwischte er ihn doch am Shoot Player.

Zwei Mädchen flipperten am Ende des Korridors; das eine verfolgte ihn mit dem Blick, als er hereinkam, das andere hüpfte auf ihren Schenkeln, die Flippertasten drückend. Plötzlich sprang sie hoch, schrie auf; Flashlights blitzten in der Spielhöllendämmerung, und das Schmettern der Elektronik vibrierte in der Luft.
Mamo tippte Evan auf die Schulter; dieser wandte sich im Handumdrehen um, drehte sich aber schnell wieder zum Player zurück; sein vorher fast erloschener Blick erhellte sich, und sein ohnehin breiter Mund weitete sich zu einem riesigen Lächeln.

Oh, Mamo Browning, rief er und beseitigte gleichzeitig eine Tontaube von der Bildfläche.

Oh, Evan Ziegelei, erwiderte Mamo, und beide platzten in ein Lachen.

Very good, rief er dann und gab ihm einen Stups auf die Schulter. Die Figuren auf dem Schirm wanderten von einer Ecke zur anderen, ohne daß die Impulse auf sie gerichtet werden konnten.

Attention, bemerkte daraufhin Mamo, play. Aus der Schule hatte Mamo nicht viel Englisch behalten, doch durch Evan, die Spiele und die Übungen im Winter in der Ziegelei, konnte er die Sprache nicht nur ein wenig auffrischen, sondern auch etwas erweitern. Und er hatte sich geärgert, daß er in der Schule so viele quälende Stunden vor einer Bleiwüste verbringen mußte, wo es doch so einfacher ging.

Mamo wartete noch bis zum Ende des Spiels; am Ende des Korridors flipperte nun das vorher zuschauende Mädchen, das andere stand neben dem Flipper und ihr ganzer Körper fieberte mit dem Spiel.

Kaum hatte das Gerät das Ende des Spiels angekündigt, hatte Evan bereits Geldmünzen hineingeschoben und Mamo gefragt, ob er eine Runde mit ihm machen wollte. Mamo sagte sich 'Eigentlich kein Bock drauf', wußte aber, daß er sich nicht entziehen konnte. Es war Brauch, sich erst gemeinsam warm zu spielen und dann erst miteinander zu reden, wollte man weiterhin miteinander auf Draht bleiben.

Er nickte, Evan schob eine weitere Mark in den Schlitz. Two players, more exciting, rief Mamo. Evan lächelte zustimmend.

Sie spielten, und Evan erlangte die meisten Treffer; er johlte, schlenkerte sich wie bei den Disco-Rhythmen und hob die Hände.

Mamo rief: You world champion, und die Augen des US-Soldaten leuchteten zufrieden. Für Mamo gab es auch keinen Zweifel: Evan war der Meister, er selbst der Schüler. Zwar hatte er, als sie im Winter fast regelmäßig spielten, auch gegen Evan gewonnen, es waren aber nur einige Male; für ihn blieb Evan immer der Unerreichbare.

Diesmal warf Mamo die zwei Münzen ein. Da beide jedes Ziel trafen, nahm die Geschwindigkeit der Tontauben zu, nur beim achten und letzten Schuß verfehlte Mamo sie. Evan gewann wieder, aber beide johlten begeistert. Die zwei Mädchen hatten neugierig geglotzt und mitgelacht.

Dann sagte Mamo in seinem gebrochenen Englisch, daß er eine Frage an ihn habe. Evan lachte genußvoll. Er war auch einer von denen, die es genossen, wenn ein Freund oder ein Bekannter sich an ihn wandte. Er nickte. Mamo sollte losreden. Und der schoß sofort auf sein Ziel zu.

Evan hatte die Augenbrauen gerunzelt und den Mund verzogen.

For exercise, hatte Mamo sofort eingeschüchtert hinzugefügt. Hierauf erhellte sich Evans Miene und er lachte mit voller Stimme; und Mamo rechtfertigte sich noch etwas mühevoll, daß man ohne Übung aus der Übung kommt.

Evan gab ihm einen Stoß und zwinkerte. You remember, Ziegelei? und lachte wieder auf, diesmal aber nur kurz. Sure. Und wie er sich erinnerte. Das war ein Erlebnis.

Damals war die letzte Geschichte mit Volker noch wundfrisch. Rein äußerlich hatte er auch diesen Vorfall mit Gelassenheit hingenommen; aber in seinem Inneren war er tief gekränkt und gedemütigt worden. Die sich aufbäumenden Schreie nach Rache würgte er damals jedoch ab, indem er sich eingeredet hatte: Damit müßte man leben, er hätte keine andere Wahl. Gleichzeitig hatte sein Interesse an den Shoot Players in dieser Zeit stark zugenommen. Wenn sein Geld verpowert war, schaute er einfach zu. Zu jener Zeit hatte er Evan Walker kennengelernt, den US-Soldaten mit schwarzer Hautfarbe. Seitdem nahmen sie sich öfter in der Spielhölle wahr und verständigten sich sofort mit Händen und Füßen. Sie kämpften um die meisten Treffer, lachten und scherzten.

Evan fragte nicht viel nach seiner Vergangenheit oder danach, was er machte; er fragte nach gar nichts, und Mamo empfand es gut und richtig so und fragte genausowenig. Sie riefen sich zu 'You're my friend' und 'ich bin dein Freund'.

Gerade in dieser Zeit spielten sich die Veränderungen für Mamo ab, die gewaltigen Veränderungen: Seine Eltern hatten die Koffer gepackt und waren in die Fremde abgeführt worden, Volker hatte ihm die allerletzte Gemeinheit verpaßt, ihn aufs Revier zu schleppen, die ersten Schreiben der Ausländerbehörden knallten ins Haus. Außer den Gelegenheitsarbeiten keine weitere Vertröstung in Sicht, nichts, Mamo wirkte wie ein sehr alter Boxer: Er kassierte die Schläge ein, ohne große Fratzen zu machen, ja meist ohne eine besondere Fratze. Wie ein Sammelbecken war er - er steckte fortwährend ein. Es mußte etwa zu der Zeit oder auch etwas früher gewesen sein, genau erinnerte er sich nicht mehr daran, daß Evan einen Abend nicht erschienen war und den Abend später nur für eine sehr kurze Zeit am Spielautomaten verweilte. An den folgenden Abenden fiel Mamo auf, daß in Evans Taschen mehr Money klirrte. Nach einigen Scherzen kam dann heraus, daß Evan eine Handfeuerwaffe aus dem Fort verkloppt hatte. Er bat Mamo um strengstes Secret, ansonsten würde er ja dicke Complications kriegen, was sich Mamo ohnehin von selbst ausmalen konnte.

Seither begann Mamo zu sticheln, er wollte auch eines; aber eher ein Gewehr; auf jeden Fall irgend was für Profis, für Ballermeister. Solche Apparate waren in der Heimat seiner Eltern sehr begehrt, redete Mamo sich ihm gegenüber aus, und gab ihm dadurch zu verstehen, daß das Schießeisen später irgendwo tief in der Prärie verschwinden würde. Aber Evan wandte ständig ein, daß so ein Ding hinauszuschmuggeln nicht einfach wäre; für ihn nicht. Natürlich gäbe es genug Leute, die die Apparate in Massen hinauspumpten, aber das wären alles höhere Tiere in der Army.

Es lief eine Weile so, bis Evan eines Tages in der Spielhölle eintrudelte, bedeutsame Anspielungen machte und anschließend breit grinsend sagte, er hätte etwas für ihn. Es handelte sich um ein automatisches Browninggewehr, fast neu, das er Momo für hundert Mark versetzte.

Weil du mein Player-Friend bist, hatte er dazu wohltätig gemeint. In der verlassenen und abseits gelegenen Ziegelei hatte Evan ihm beigebracht, das heiße Ding richtig zu handhaben. Der US-Soldat war sehr überrascht, wie schnell Mamo mit dem Schießeisen umgehen konnte. Perhaps heredited ability? lachte er, und Mamo lächelte stumm. Er lächelte immer stumm, wenn man ihn lobte.

You remember? wiederholte Evan und klatschte in die Hände. Ohu, danger.

Mamo wiederholte: ja sehr gefährlich, aber wunderbar.

Wonderful, wiederholte Evan und lachte wieder laut auf, diesmal aber mit einem künstlichen Unterton. Okay, sagte dann Evan, okay. Er erkundigte sich nach dem Money und bestätigte wieder: Okay, okay. Mamo war erleichtert.

Sie gingen hinaus, die Straßen waren wie leergefegt und nur schwach beleuchtet. Sie überquerten die Straße und gingen zum Burger King und bestellten eine Cola.

Plötzlich bezweifelte Evan Mamos Vorhaben. Mamo wiederholte: Sure. For exercise. Aber es wurde ihm langsam unangenehm. So deutete er an: For defence.

For defence? wiederholte der US-Soldat und machte große Augen. Mamo fühlte sich erleichtert, weil er meinte, seinem Freund wenigstens keinen falschen Grund angegeben zu haben. Evans überraschte Blicke verwandelten sich in fragende; dann aber blickte er weg. Es waren nur wenige Leute an den Tischen, meist Jugendliche.

Evan sagte auf deutsch: Egal, ich nix know, egal.

Mamo mußte lachen. Dann sagte er: That für ein Scheißspiel. You know it.

27.

Die Turteltaube hockte wieder auf dem Mast, flog aber sofort weiter und ließ sich auf der Blockantenne nieder; ihre gewohnten Flüge zum Rasen und zum Baum schienen für diesen Tag endgültig vorbei zu sein. Die Straße wirkte wie verlassen. Plötzlich hallte durch die Straße eine jaulende, krähende Stimme aus einem Megaphon. Sie forderte erst die Anwohner auf, sich ruhig zu verhalten und nicht an Fenstern oder an den Ecken der Wohnblocks herumzustehen, der Meuchelmörder sei sehr gefährlich und könne unerwartet aus dem Hinterhalt schießen.

Mamo grinste, er mußte grinsen. *Sehr vernünftig, laß' die Leute aus dem Spiel.*

Dann wandte sich die Stimme an ihn, er solle aufgeben, ihm würde nichts passieren, es sei auch das Beste für ihn. Wenn er sich widerstandslos ergeben und das Gewehr aus dem Fenster hinauswerfen würde, würde auch ihm nichts passieren. Es sei sinnlos weiterzumachen, er habe keine Chance mehr. Daher sollte er sich ergeben, ihm würde wirklich nichts geschehen. *Keine Chance mehr - als ob ich jemals Chancen gehabt hätte, ihr Heuchler; zuerst laßt ihr das Kind ohne die Badewanne unter den Füßen heranwachsen, dann tut ihr so, als ob es die Badewanne gehabt hätte, und schreit herum: Wir dürfen nicht das Kind mit dem Bade ausschütten; ihr Heuchler.*

Mamo schaute in den Mofaspiegel: Woher die Megaphonstimme kam, war nicht auszumachen. Die Straße war noch wie leergefegt, nur die Konturen der Polizisten in ihren Stellungen. Einige Zeit verging, dann meldete sich die krähende Megaphonstimme wieder, diesmal mit einem Ultimatum: Noch zehn Minuten, zehn Minuten hätte er noch Zeit, um sich zu ergeben, sonst würden sie stürmen.

Dummköpfe! Als ob Zeit für mich noch eine Bedeutung hätte! Dummköpfe! Zeit spielt für mich keine Rolle mehr.

Zwanzig Jahre habe ich gewartet, solange ich lebe, warte ich, Zeit spielt keine Rolle mehr. Sie sollen nur hoffen; wer hofft, wird selig. Hoffentlich ist er dabei, hoffentlich. Er muß dabei sein, er muß. Er weiß jetzt vom Vorfall und wird es sich bestimmt nicht entgehen lassen, dabei zu sein, zumal er auf eine Beförderung hoffen kann, wenn alles in ihrem Sinne klar geht und er einer der Hauptakteure ist.

Es wechselten die Stimme und die Sprache am Megaphon. Mamo erkannte die Stimme des Sozialarbeiters der Landsleute seiner Eltern. Laß' den Unsinn, sprach die Stimme, dein Widerstand ist sinnlos, gib auf. Wenn du aufgibst, wird die Frage der Ausweisung neu überprüft.

Arschloch. Und er griente über den Unsinn. Kein Sozialarbeiter und nix konnte seinen Eltern helfen, ihre Abschiebung stoppen. Und ihm konnte auch keiner helfen. Leider schreiben das die Gesetze vor, hatte der Sozialarbeiter damals zu seinem Vater gesagt und druckste noch mit anderen Floskeln herum. Mamos Vater sagte dann zu Hause: Gerade weil unser Landsmann und Sozialbetreuer es sagt, und der ist ja sehr bekannt für sein Engagement, ist wirklich nichts mehr zu machen. Wir sind ja nur Gäste, und wir haben uns als Gäste zu verhalten - wenn sie uns die Tür weisen, müssen wir die Türklinke sofort und ohne Widerspruch herunterdrücken und hinausgehen.

Mamo hatte ihnen beim Zusammenpacken geholfen; immerhin gab es eine ganze Wohnung auszuräumen und deren Inhalt in den von einem Landsmann gesteuerten Lastwagen zu transportieren.

Obwohl sie sich nur das Notwendige in all den Jahren angeschafft hatten, nahm die Räumung kein Ende. Als geschehe ein Wunder, packten sie es, alles in dem Lastwagen zu verstauen. Sie nahmen praktisch alles mit, außer den Dingen, die Mamo für sich unbedingt brauchte. Es wurde hantiert und geschoben, damit auch die letzten Sachen noch hineingepreßt werden konnten. Die zwei Fahrräder seiner zwei kleineren Brüder wurden auseinandergebaut und ein Teil dazwischen, ein anderer Teil nach oben geschoben; es blieben zwei Räder zurück, die Mamos Vater unter dem Lastwagenchassis festband. Der Fernseher und diverse Haushaltsgeräte mußten wieder abgeladen werden, um Platz für die Koffer zu machen. Am Schluß wirkte sein Vater müde und niedergewalzt; es schien, als ob er sich selbst bald dem Boden gleich machen würde, als sei dies das bildliche Ergebnis der Abschiebung; Mamos Mutter dagegen verbarg ihre Verfassung mit ständigen Belehrungen und Ratschlägen, wie Mamo dieses und jenes tun sollte, um allein zurechtzukommen. Obwohl Mamo fortwährend 'Jaja' erwiderte, nahmen ihre Belehrungen kein Ende. Als sein Vater sie endlich zur Ruhe mahnte, Mamo sei ja kein Kind mehr, brach sie in Weinen und Jammern aus. Die zwei jüngsten Geschwister hatten bereits die ganze Zeit geschluchzt und gewimmert, daß sie nicht wegwollten. Sein Vater, seine Mutter und seine Schwester hatten mit ihnen geschimpft, was sie zu noch lauterem und heftigerem Weinen brachte.

Mamo wünschte sich nichts anderes, als daß es bald vorbei wäre, schnellstens alles vorbei. Er konnte sich das Ganze nicht mehr ansehen, ohne selber zu weinen. Als er dann aber sah, daß seine Mutter, die er noch nie hatte weinen sehen, und die er deshalb als sehr starke, knallharte Frau einschätzte, auch Tränen vergoß, konnte er nicht mehr an sich halten und flennte mit.

Der Abschied vollzog sich ohne Worte, ohne einen Blick in die Augen der anderen, aber mit festen Umarmungen und Küssen. Nach langen Jahren hatte er sie wieder einmal körperlich nah gespürt. Er liebte seine Eltern nicht sonderlich und nahm sie mehr als 'Muß' hin, doch durch die Abschiebung spürte er eine bedrückende Leere und einen brennenden Schmerz.

In der darauffolgenden Zeit machte es ihm mehr zu schaffen, wie sie das Zurückfahrenmüssen hingenommen hatten; das bedrückende Trennungsgefühl vermischte sich dabei mit Ärger und Wut: auf die Behörden, aber auch auf seine Familie, die die Beiseiteschieberei so hingenommen hatte. Und er sagte sich, dir darf sowas nie passieren, du darfst nicht wie dein Vater sein, darfst nicht wie dein Vater werden. Alsbald beruhigte er sich, weil er fest davon überzeugt war, daß es bei ihm sowieso anders sei. Ihn könnten sie nicht so bescheren, wie sie seinen Vater nach zwanzig Jahren Arbeit in der Bundesrepublik beschert hatten. Die wollten dich auch gar nicht so bescheren. Er wunderte sich jetzt allerdings, daß er sich solche Hoffnungen gemacht hatte.

Der Sozialarbeiter hatte seine Botschaft heruntergeleiert, und nun wiederholte er sie noch einmal, da sich aus Mamos Wohnung nichts rührte. Wenn du aufgibst, wird die Frage der Ausweisung überprüft, krähte die Stimme. Er als Sozialberater würde sich dafür einsetzen, daß er nicht abgeschoben würde, und er als Sozialberater würde auch garantieren, daß ihm nichts passierte.

Mamo mußte wieder grinsen, gallig-bitter. *Was für ein Witz! Der Sozialarbeiter spricht mit mir in der Landessprache meiner Eltern, als ob das helfen würde. Die haben nichts verstanden, überhaupt nichts verstanden und werden nie klüger. Und auch noch mit so plumpen Lügen, mit der Lüge der Überprüfung kommt ihr her, ihr Dummköpfe, wo schon der erste Kegel gefallen ist. Wie bekümmert sind sie alle auf einmal! Plötzlich haben sie Angst, mir könnte etwas passieren, mich könnte eine Kugel treffen, so legen sie es aus. Wo ihr euch nie um mich gekümmert habt! Sagt doch endlich die Wahrheit! Ihr habt eher Angst um eure Haut, meine Kugeln könnten euch treffen, das ist jetzt euer Problem.*

Er stellte sich in den Fensterwinkel; den Sozialarbeiter konnte er nicht sehen. Sie sollten sich keine Hoffnung machen. Er öffnete vorsichtig das Fenster und zielte durch den Spalt auf den ersten Polizeibus. Auf drei Polizeibusse ballerte er und warf sich schnell zu Boden. Die Megaphonstimme hatte plötzlich zu krähen aufgehört. Er spürte, daß unten etwas in Bewegung geraten war. Im Mofaspiegel war aber noch nichts zu erkennen.

28.

Weißt du, Bruder, ich als Sozialarbeiter kann dir ein Lied über das Leid vieler unserer Landsleute singen, aber wen interessiert das und wofür, Bruder? In diesem Land sind sogar viele froh, daß die Gastarbeiter leiden. Mit Mamo war es auch so eine Geschichte, und ich sage dir, Bruder, ich habe ins Megaphon mit geteiltem Herzen gesprochen. Nicht, daß ich billige, was er tut, aber wenn ich an alles zurückdenke, was er durchmachen mußte, was viele Gastarbeiter aushalten müssen, da kann ich schon verstehen, warum er so handelt, und ich sage dir ja: Ich verstehe es, billige es aber nicht, weil er dadurch sich selbst kaputtmacht und uns noch zusätzlichen Ärger mit den Einheimischen hinterläßt, die nun noch schiefer auf uns schauen werden. Auf jeden Fall hatte ich ein geteiltes Herz, auch weil ich wieder ein Diener der Behörde sein mußte und nicht ein Diener meiner Landsleute. Und das, was ich sprach, kam nicht aus dem Inneren meiner Seele, und ich hoffe, Mamo hat es verstanden. Ich habe nämlich Mitgefühl für Mamo: Ich kenne seine Familie seit zwanzig Jahren und habe Mamo aus seinen Höschen und Pullis herauswachsen sehen; er war immer ein braver Junge und sehr sensibel. Und es ist klar, wo wir Erwachsenen bereits Hornhaut entwickelt haben, mußte die zarte Haut des Jungen mächtig leiden. Und ich sag's dir, Bruder, im Vertrauen; auch unsere dicke Hornhaut reicht manchmal nicht aus, aber wir nehmen es eher hin, wir müssen an die Familie, an die Kinder denken. Tja, auch der Vater von Mamo hat an die Familie gedacht, hat immer geschuftet und nie krank gefeiert; aber nun, wo die Arbeitsplätze rar geworden sind, da wird die Nachsicht begraben; und so hat die Geschichte, warum jetzt Mamo da oben sitzt und rumballert, ganz harmlos angefangen. Seit zwanzig Jahren wohnte die Familie in der gleichen Wohnung; nur bei der letzten Erneuerung der Aufenthaltserlaubnis haben die Ausländerbehörden nach den Quadratmetern gefragt: 50 Quadratmeter für eine sechsköpfige Familie ist nach dem Gesetz zu wenig. Es wurde ihnen eine Frist gegeben, innerhalb derer sie eine größere Wohnung nachweisen sollten. In dieser Zeit machte die Firma dicht, bei der der Vater arbeitete, und der Ofen war für sie ein für allemal aus; da gab es bei den Behörden kein wenn und aber; so ist nur Mamo geblieben, weil er den Lehrgang hatte. Dann kamen die Geschichten auch für ihn; er war ein einziges Mal bei mir in der Beratung; dann hat er mich abgeschrieben, weil er offenbar dachte, ich könnte ihm auch nicht helfen. So ist es halt, Bruder: ich sitze im Büro, damit es heißt, sie kriegen Hilfe und Unterstützung, in Wirklichkeit aber sitze ich nur da, um bei ihrem Kummer den Beichtvater zu spielen. Sonst nichts. Aber warum erzähle ich dir das, Bruder, vielleicht weißt du schon alles; und dir ist es vielleicht auch Wurst, was mit Mamo los war, warum er durchgedreht ist.

29.

Dann prasselte ein Bleikugelhagel durch das Fenster, das am unteren Rand zersprang, in das Zimmer hinein. Mitten ins Herz des Fernsehers trafen einige Kugeln, und das Bild des Bundestages schmolz zusammen. *Menschenskind, ihr beschießt ja sogar die Freiheitlich Demokratische Grundordnung!* Er lugte in den Mofaspiegel - er war noch intakt - und sah rechtzeitig Männer in Uniform in das Haupttor einschleichen, wie Aale glitten sie in den Block hinein, vielleicht waren es vier oder fünf. Auf der Treppe blieb es mäuschenstill.

Der Block atmet ja gar nicht mehr! Alles ist so still. Sie warten unten. Sie warten bestimmt auf einen Befehl, oder sie kommen doch, vielleicht steigen sie ganz leise die Treppe hinauf.

Er stellte sich in Pose und mußte plötzlich an die Schießbude denken. *Was da in den Bauch des Wohnblocks eingedrungen ist, ist bestimmt eine Mannschaft aus fünf roten Herzen, bestimmt.* Dagmars mißbilligendes Gesicht tauchte plötzlich vor seinen Augen auf, und prompt vertrieb er dieses Bild aus seiner Vorstellung. *Weg! Weg! Du gehörst jetzt nicht hierher! Habe ich dir nicht gesagt, daß in diesen Augenblicken die Gedanken sich mit dem bestimmten Punkt auflösen? Sie beginnen schon zu verschmelzen.*

Noch ehe er einen anderen Gedanken entwickeln konnte, drang ein scharfer Reiz in seine Augen, in seine Nase und die Kehle. Der typische Tränengasgeruch. Die Augen schwollen schon an, aber die Maske saß fest.

Plötzlich hörte er stürmisches Geklapper auf der Treppe. *Sie kommen also; habe ich nicht gesagt, daß es riesigen Zoff gibt, einen Mordszoff?*

Er hörte, wie das Stiefelgeklapper sich näherte, er stellte sich neben das Sofa in Pose. Er schätzte, daß sie schießend hereinpoltern und, einmal eingedrungen, sich wie ein Baum in der Wohnung verzweigen würden. *Sollen sie es tun, wie sie wollen! Ich kenne ihre Strategie nicht, und sie ist mir auch gleich; sie sind sowieso im Nachteil durch die Gaswolke, und ich, ich bin ein hervorragender Shoot Player, und ein guter Schütze, das hat auch Evan gesagt.*

30.

Sehr schade um sie, aber ich bin auch jung, ich habe auch ein Anrecht auf Leben. Es war wirklich ein Spiel: im entscheidenden Augenblick den Atem anhalten, und du hast entweder gewonnen oder hast verloren. Auf dem Rummelplatz habe ich für Dagmar und für das Kind etwas gewonnen, hier habe ich gar nix zu gewinnen, da gibt's weder etwas zu gewinnen noch zu verlieren. Komisch, was?

Schade, wirklich schade.

Schade, schade auch, daß **er** *nicht dabei ist, wirklich schade.*

Ihm fiel ein, daß dies ein Spezialkommando gewesen sein mußte, daß eventuell Spezialeinheiten bei solchen bewaffneten Angelegenheiten eingesetzt würden, und Volker gar nicht dabei sein konnte. Er war sehr enttäuscht, weil er dachte, gleichzeitig die offene Rechnung begleichen zu können.

Er hörte draußen laute Stimmen, dann Sirenen, und er eilte ans Fenster. Während er ein neues Magazin in das Gewehr schob, lugte er durch den Mofaspiegel zur Straße hinunter. Und er glaubte, Volker bei fünf oder sechs Polizisten zu erkennen, die die Straße überquert hatten und im Wohnblock verschwanden. Weitere Männer setzten sich auf der Straße in Bewegung, und er dachte an den Spruch: Du hast keine Chance, aber nutze sie.

Der graue Qualm breitete sich im Zimmer aus. *Tatsächlich ist meine Wohnung eine Vorstufe des Himmels geworden.* Und er erinnerte sich, daß gerade in der Mitte des Zimmers sein Vater vor vielen Jahren ihm eine Predigt über das Paradies und über den Tod gehalten hatte. *Er war halt ein braver Gastarbeiter.* Und er lauschte zur Treppe hin.

Hoffentlich ist er **jetzt** *dabei, hoffentlich,* murmelte er und stellte sich wieder in Pose. *Dann wird es wirklich eine schöne Abschiebung.*

Else Lasker-Schüler, Der Malik. Eine Kaisergeschichte mit Bildern und Zeichnungen von der Else Lasker-Schüler. Mit einem Nachwort von Erich Fried. Ein Schlüsselroman über die deutschen Expressionisten? Ein Frauenbuch? Ein Friedensroman? Mehr als alles zusammen: Ein Stück Weltliteratur, aktuell und provozierend! 192 S.

Vladimir Makanin, Stimmen. Romancollage. Makanin führt uns in das vor Vitalität überquellende Moskau der Gegenwart. Makanins Roman ist ein Mosaik und Kaleidoskop, er ist filmisch vom Kontrast her komponiert. 192 S.

Dora Koster. Geteert und gefedert. Über die Zeit von der Veröffentlichung ihres ersten Buches „Nichts geht mehr" bis heute berichtet Dora in ihrem neuen Buch. Dabei kommt die Buchbranche nicht zu kurz, und natürlich schreibt Dora über ihre erniedrigenden Erfahrungen auf dem Strich. 192 S.

Eckard Wetzel, Die Betonkugel. Romanerzählung. Über den Handel mit Waffen, die er als Sporttaucher aus der Kieler Förde fischt, gerät der Erzähler in einen Kreis von Alt- und Neonazis. Die Faszination von Macht und Gewalt reißt ihn in einen Strudel dramatisch ausweglose Handlungen. 192 S.

Das Unsichtbare sagen! Erzählungen und Lyrik aus dem Alltag des Gastarbeiters. Die Herausgeber Habib Bektas, Franco Biondi, Gino Chiellino, Jussuf Naoum und Rafik Schami haben eine Anthologie mit Lyrik und Prosa ausländischer Autoren in der BRD zusammengestellt. 192 S.

Ricco Bilger, Steve B. Peinemann, Hartlib Rex, Der Krieg genießt seinen Frieden. Gedichte, Aphorismen und Bilder für die überlebenswillige Generation. Ein Bilder- und Lesebuch zum Schmökern und Vertiefen, aggressiv und poetisch, für Freiheit und Gerechtigkeit, Liebe und Zärtlichkeit. 156 S.